JN441130

괴물 요리사

괴물 요리사

김범석

김선민

사마란

위래

한이

홍정기

네오
픽션

차례

김범석

괴물과 절망과 난세의 적

김범석

2012년 계간 『미스터리』 여름호에 실린 「찰리 채플린 죽이기」로 한국추리작가협회 신인상을 받았다. 10편 이상의 단편 추리소설을 발표했다. 발표한 주요 작품으로는 「역할 분담 살인의 진실」「자살하러 갔다가 살인사건」 등이 있으며, 오디오북으로 제작된 「범인은 한 명이다」「천중역 마네킹」 오디오 드라마로 각색된 「고한읍에서 일박이일」「시골 재수 학원의 살인」「드라이버에 40번 찔린 시체에 관하여」가 있다.

20XX년 9월 30일.

중국 청도항 여객터미널 앞 주차장 구석진 곳이 약속 장소였다. 그곳에는 원래는 흰색이었을, 노르스름하게 변한 낡은 승합차가 있었다. 시커멓게 선팅된 창문을 노크하자 슬라이딩 도어가 열리고, 고릴라같이 생긴 놈이 내 옷깃을 잡아당겨 태웠다.

고릴라같이 생긴 놈이 물었다.

"한국 놈이지?"

나는 그렇다고 답했다.

"동철이 소개받고 온 놈 맞아?"

동철이는 내게 이번 일을 소개해준 동네 양아치였다.

"맞아."

"받아."

고릴라는 새끼손가락 크기의 주사기와 표적의 모습이 찍힌 사진을 내밀었다. 주사기는 제법 묵직한 원통형 금속이었고, 측면부에 버튼이 달려 있었다. 사진 속 표적은 검은 옷을 입은 젊은 남자였다. 전반적으로 비리비리한 체형인데 눈은 부릅뜬 것이 제법 고집 있어 보이는 인상이었다.

"표적은 잠시 뒤 '지수호'라는 인천행 여객선에 탈 거야. 네가 그 표적을 어떻게 죽여야 하냐면……."

"잠깐, 지금 이거 살인 청부야?"

내가 묻자, 고릴라는 어이없어했다.

"아니면 뭐겠어?"

"그냥 작은 패키지 하나 운반하는 건 줄 알고 왔는데……."

작년까지만 해도, 나는 한국에서 세 손가락 안에 드는 다목적 용병 기업 '희망사' 소속 요원이었다. 그간 쌓아 올린 공적과, 내가 받은 강화 인간 시술 비용까지 합치면, 과장 좀 보태서 몸값이 100억 원은 될 것이다.

몸값에 걸맞게 기업에 충성하면서 살았고, 좋은 대우도 받았다. 그런데 작년에 사고를 친 탓에 중국으로 도망치듯 오게 됐다. 어제가 도망친 지 딱 1년째 되는 날이었다. 감을 완전히 잃기 전에 남들 눈에 덜 띄는 심부름이나 하나 맡아볼까 했는데, 마침 브로커를 자처하던 동철이가 오늘 아침 일찍 문자를 보내왔다.

'형, 배 타고 한국으로 패키지 하나 운반하는 임무라던데, 해볼래요? 지금 바로 청도항 주차장으로 가면 되는데.'

나는 하겠다고 하고 바로 여기로 달려왔다. 패키지 운반이 사람 잡는 일은 아니니까. 그런데 막상 와서 까보니, 살인 청부였다. 내 표정이 썩는 것과는 달리 고릴라는 비릿한 미소를 지어 보였다.

"패키지 운반하는 일 맞아. 소개는 제대로 받고 온 거 같은데?"

"그 말은 표적만 죽이는 게 아니라……."

"응, 표적을 죽인 다음 패키지를 회수해서 운반하는 거야. 그 반대 순서로 해도 되고. 네놈 내키는 대로 처리한 다음, 인천항에 가서 패키지를 우리 쪽 사람에게 인계하기만 하면 돼. 어때, 쉽지?"

"여기서 서로 입장이 갈리는군. 사실 살인은 내 전공이 아니거든."

내가 말하자, 고릴라는 눈을 가늘게 떴다.

"흠, 그 유명한 '희망사' 출신 용병이라 들었는데, 예상보다 핑계가 많군."

고릴라는 내 뒷조사까지 모두 끝낸 상태였다. 나는 입을 꾹 다물고 이놈이 어디까지 아는지, 어디까지 말하려는지 기다렸다.

"사실 예전부터 궁금했던 건데, 강화 인간이면 정말 막 강철을 찢고 태산을 뛰어넘는다던데 맞나?"

"믿지 않으면서 일부러 묻는 거 같은데."

내가 노려보자, 고릴라는 혼자 흐흐 웃었다. 강화 인간 시술을 받으면 소문처럼 초인 수준까지는 아니지만 근력, 지구력, 순발력, 내구력, 회복력 등이 크게 향상된다. 기본적인 오감은 물론이고 육감도 발달되는데, 위기를 넘길 때 특히 도움이 되곤 했다. 많은 기업 소속 요원이 강화 인간 시술을 받았지만, 그 유행은 딱 5년뿐이었다. 뇌 기능에 일부 부작용이 생긴다는 보고가 잇따른 탓이었다.

"두뇌에 재밌는 부작용이 생긴다고 들었는데……. 그게 뭐였지?"

"평균 이상의 '위험감수성향'이 그 부작용이지."

그 밖에도 일시적 자아분열이나 신경 가속 등의 사소한 부작용도 있다고 한다. 다행히 나는 경미한 수준에 그쳤지만.

"흠, 꽤 흥미로운데? 그 부작용 때문에 무슨 미친 짓이라도 저질렀나?"

"저질렀지."

한국에서의 마지막 임무가 떠올랐다. 인간 장사하는 조직 놈들 겁만 주고 쫓아내는 것이 내 역할이었다. 하지만 현장 케이지 안에는 동남아 출신으로 보이는 어린애들이 너무 많았다. 열 살도 안 된 꼬마 녀석들이었다. 만약 조직 놈들을 겁만 주고 쫓아낸다면, 놈들이 어린애들을 사업 정리 차원에서 다 죽일 것 같았다.

나는 조직 놈들을 다 죽이고, 어린애들을 탈출시켰다. 뉴스에도 크게 났다. 대한민국을 꽉 잡고 있는 희망사가 정보를 통제할 수 없을 만큼 일이 커졌다. 그래서 사직서를 이메일로 띡 남겨두고 도망친 거다. 인신매매 조직을 몰살시키는 건 상대적으로 쉽지만, 희망사를 배신하는 건 목숨을 내놓는 것과 마찬가지였다. 그리고 나는 두 가지 일을 모두 저질렀다. 강화 인간의 두뇌 부작용이 이렇게 위험하다.

다만 의외인 건, 그로부터 1년이나 지났는데도 희망사가 조용하다는 것이다. 나를 처리할 요원을 보내지 않는 이유가 뭔지 모르겠다. 어쨌거나 평생 숨어 지낼 수도 없으니, 나는 일이 필요하다.

"내 얘기는 그만하고 일 얘기나 하지."

"네 취향에 맞을 만한 일이야. 이번 표적은 아주아주 나쁜 놈이니까."

고릴라는 자기 자신과 표적에 대해 설명했다. 고릴라는 자신이 어느 비밀 연구소의 관리자라고 했다. 그리고 그가 관리하던 비밀 연구소에서 문제가 생겼다고 한다. 사진 속의 표적, 검은 옷의 남자가 아주 위험한 패키지를 훔친 것이다. 그 과정에서 동료 연구원을 모조리 죽인 뒤, 연구소에 불까지 질러 연구 데이터까지 전소되어버렸다. 이제 표적이 들고 튄 패키지가 유일한 원본이다.

“그놈은 대체 왜 그랬대?”

“몰라, 무슨 사상 성명서를 남겼던데.”

“뭐라고 적혀 있지?”

“확인 불가. 놈이 지른 불이 워낙 크게 번진 바람에 그 성명서도 대부분 불타버렸어. 그래서 우리도 내용까지는 잘 몰라. 병신 같지?”

고릴라가 웃으면서 말했고, 나도 조금 웃었다.

“놈이 살던 집이나 가족은 확인했나?”

“전부 없었어. 말 그대로 연구소에서 먹고 자면서 일하던 놈이었지. 단, 망상에 찌든 사상범답게 자기 추종자를 구하려는 정황까지는 확인됐어.”

“그런 관심 종자는 죽인 다음 들키지 않기가 좀 어려운데.”

안 들킨 상태에서 사람 죽이는 건 쉽다. 그러나 사람 죽이고 나서 안 들키는 건 어렵다.

“걱정할 거 없어. 경찰에는 절대 안 잡힐 테니까. 아까 준 주사기 줘봐.”

고릴라가 주사기의 측면 버튼을 누르자, 바늘이 길게 튀어나왔다.

"이 특제 주사기로 표적의 몸뚱이를 아무 데나 푹 찔러. 그럼 주사액이 온몸에 퍼질 거야. 표적은 10초 안에 힘이 쫙 풀려서 죽게 되는데, 부검해도 주사액은 검출되지 않아. 사인 불상의 급사한 시체가 된다고."

고릴라는 주사기에서 바늘을 꺼냈다 넣었다 하는 시범을 보였다. 능숙했다. 나는 주사기를 돌려받았고, 여전히 이 일을 맡을까 말까 고민했다. 고릴라는 조금 부드러운 어조로 말을 덧붙였다.

"나쁜 놈 몰래 죽이고 패키지만 회수하면 되는 거야. 어쩌면 사람 여럿 살리는 일일 수도 있고. 이런 일을 거절하면 멍청이지, 안 그래?"

고릴라는 그렇게 말하더니 내게 배낭을 내던졌다. 묵직해서 숨이 턱 막혔다. 열어 보니 전부 돈이었다. 죄다 5만 원권으로 현찰이 꽉 찬 배낭. 도청기나 위치추적기 같은 게 숨겨져 있을 테지만, 그 정도는 당연한 일이었다.

"그게 선금이야. 임무 완수하면 인천에서 내 부하가 똑같은 배낭을 하나 더 줄 거야. 그럼 모든 게 끝이야."

이렇게까지 말하면 거절하기 힘들다.

"중요한 거니까 다시 강조한다. 첫째, 반드시 표적을 죽일 것. 둘째, 패키지 내용물을 확보할 것."

고릴라는 할 말을 마치고 스마트폰을 내밀었다. 이번 임무에 필요한 대포 폰이었다.

"중간중간 우리 쪽에서 연락할 거야. 그리고 이건 여객선 티켓이랑 위조 여권."

티켓과 위조 여권에는 내가 요원 시절 때 주로 쓰던 가짜 이름이 적혀 있었다. 내 이름으로 티켓 예매한 건 그렇다 쳐도, 위조 여권은 어떻게 만든 걸까?

"이제 출발해. 늦겠다."

고릴라는 우악스러운 손으로 나를 내보냈다.

*

청도항의 여객터미널 내부는 후덥지근했다. 9월 말인 지금 기온이 37도를 넘겨도, 이제는 아무도 이상기후라고 부르지 않았다. 바다가 끓어오르는 '끓는 바다의 시대'이니까. 심해에 매장된 메탄 층이 녹고, 열을 머금은 바닷물이 스스로 온난화를 가속시키는 상황만은 막아야 한다는 뜻에서 일부 과학자가 만든 용어다.

이미 꽤 심각한 수준의 초고온 시대에 접어든 시점이건만, 세상은 크게 바뀌지 않았다. 뾰족한 해결책은 보이지 않았다.

기온 낮추자고 산업과 일상을 포기할 수는 없으니까. 대신, 이를 신사업 진출의 기회로 삼은 자가 늘어났다. 이에 편승하여 다목적 용병 기업이 탄생했다. '기업 소속 요원'이라는 새로운 직군이 검은색에 가까운 회색 영역에서 활약하는 시대가 온 것이다.

전직 요원인 나는 대기실 의자에 앉은 채 신문으로 얼굴을 가리고 주위를 관찰했다.

'표적은 출항 직전에 모습을 드러낼 생각인 걸까.'

표적이 여객선에 타기 전에 죽이는 것이 베스트였다. 여기서 죽이고 시체를 숨긴 뒤, 패키지를 챙겨서 나 혼자 배에 타면 되니까. 그때, 표적이 눈에 띄었다.

'여태 저기 있었나?'

표적은 장시간 화장실에 있다가 나온 모양이었다. 위아래로 검은색 옷차림에, 등에 가방을 메고 있었다. 조금 더워 보이는 옷차림이었지만 놈은 몹시 추운 것처럼 몸을 떨었다. 놈은 고개를 푹 숙이고 발걸음을 서둘렀다.

'나 같은 놈이 찾아오는 걸 두려워하는 거겠지.'

나는 한 번 더 주변을 살피고, 주머니에 든 주사기를 움켜쥐었다.

'지금 달라붙는다.'

가서 목덜미나 옆구리를 찌른다. 놈이 기운을 잃으면 화장실로 부축해 간다. 그리고 빈칸에 시체를 숨긴 뒤 패키지를 뺏어서 튄다. 생각을 다 정리했을 때는 이미 표적의 등까지 세 걸음만 남아 있었다.

“우웨엑!”

표적이 갑자기 구역질을 시작했다. 어찌나 심하게 구역질하는지, 주변 사람들은 물론 나도 흠칫 놀라 뒷걸음질 쳤다. 경비원도 달려왔다.

“후우, 미안합니다…….”

표적이 사과하며 경비원에게 여권과 티켓을 내밀었다. 여권과 티켓 사이에 100달러짜리 지폐 여러 장이 삐죽 튀어나온 게 멀리서도 보였다.

“객실에 올라가 좀 눕고 싶군요. 승선까지만 좀 도와주시겠습니까.”

애처로운 목소리였고, 경비원은 티켓을 확인하는 척하며 지폐를 챙겼다. 표적은 에스코트를 받으며 다른 승객들을 제치고 승선용 계단을 먼저 오를 수 있었다.

‘하, 이걸 이렇게 놓치네.’

결국 여객선에 타야 했다. 악취를 풍기는 토사물 덩어리 옆을 멀찍이 지나치려는데, 뭔가 이상했다. 똑바로 보고도 내 눈을 의심해야 했다.

‘위장이다.’

그것은 반쯤 녹은 위장이었다. 표적은 방금 자기 위장을 토했으면서도 죽지 않고 제 발로 걸어서 배에 탑승한 것이다. 잠시 멍하니 바라보다, 승선 시간에 쫓겨서 대기 줄에 섰다. 내가 잘못 본 걸까.

*

지수호 승객은 대다수가 단체 승객이었다. 노부모를 모시고 온 가족 단위 여행객이 많이 보였고, 동창회, 낚시회, 등산회는 물론, 삼국지 동호회와 환경보호 동아리 대학생들도 있었다. 이 환경보호 동아리 대학생들이 문제였다. 여객선이 크다고 해도 계단과 복도는 좁다. 승선 직후는 사람들로 혼잡할 수밖에 없다. 그런데 이 대학생들은 복도 앞에서 기념 촬영을 하고 구호를 외쳐댔다. 여전히 저렴한 비용을 이유로 유해 물질을 배출하는 디젤엔진을 쓰고, 오존층을 파괴하는 냉매를 쓰는 여객선 정책을 비판하는 구호였다.

"그렇게 욕할 거면 뭐 하러 탄 거야?"

보다 못한 내가 가서 작게 한마디해줬다. 그러자 한 놈이 조심성 없이 홱 뒤돌아봤는데, 하필 끝이 뾰족한 깃발을 어깨에 걸친 놈이었다. 놈의 깃발이 내 눈을 찌를 뻔했는데도, 놈은 사과 없이 투덜거리며 저들끼리 가버렸다. 저 대학생 놈들에게 진짜 친환경적인 예의를 가르쳐줄까 하다가 참았다.

나는 출항 전까지 배의 구조와 인원을 확인했다. 총 승선 인원은 800명이나 900명쯤 되는 것 같다.

배는 5층 구조였는데 1층은 기관실과 엔진실, 2층은 화물칸이었고, 3층과 4층은 객실, 식당, 카페, 휴게실 등으로 구성되어 있었으며, 5층에는 객실과 조타실이 있었다. 원래대로라면 표적 객실을 찾아 3층부터 5층까지 다 수색해야 하지만, 그런 수고를 들일 필요는 없었다.

'냄새가 난다.'

표적의 토사물 냄새였다. 내가 개코까지는 아니더라도, 특징적인 냄새를 맡으면 꽤 정확하게 그 방향을 특정할 수 있었다. 표적이 토할 때 토사물은 표적의 바지와 신발에도 잔뜩 묻었으니까 토사물 냄새를 따라가면 표적이 있을 것이다.

측면 외갑판 쪽 계단을 이용해 이동하려는 순간 배가 운항을 시작했다. 그 직후, 대포 폰이 울렸다. 받아보니 승합차의 고릴라였다.

"탑승했어?"

"나랑 표적 둘 다 탑승은 했는데……."

"했는데, 뭐?"

표적이 내장을 토하고도 멀쩡한 것 같다고 이야기하려다 말았다. 내가 잘못 본 것일 수도 있으니, 이상한 소리를 해서 신뢰도를 깎을 필요는 없다.

"아무것도 아니야."

"좋아, 최대한 서둘러."

전화가 끊겼다. 내 쪽에서 고릴라에게 다시 걸어봤지만 연결은 되지 않았다. 고릴라 쪽에서만 내게 지령을 내릴 수 있도록 개조된 대포 폰이었다. 생긴 건 고릴라처럼 생긴 놈이 하는 짓은 여우 같다. 나는 속으로 고릴라를 욕하며 표적의 객실을 찾아 이동했다.

후각을 이용해 찾아낸 표적의 객실은 4층에 있었다. 이 여객선 전체에 단 두 개뿐인 디럭스 스위트 객실 중 하나였다. 4층 복도에 CCTV와 사람이 없다는 걸 확인하고 과감하게 행동했다. 늘 소지하고 다니는 락픽으로 디럭스 스위트 객실 문을 단숨에 따고 들어갔다. 객실에는 아무도 없었다. 토사물 냄새만이 객실 화장실로 이어졌다. 화장실을 열어 보니 아무도 없고, 샤워한 흔적이 보였다. 그리고 토사물이 묻은 옷이 변기 옆에 버려져 있었다.

'젠장!'

표적은 샤워로 냄새를 지우고 옷을 갈아입은 뒤 나갔다. 나는 객실을 뒤졌고, 침대 밑에서 가방을 찾아 열었다. 안에는 옷가지와 작은 손가방이 있었다. 손가방 안에 패키지가 있을 것 같았지만, 열어 보니 텅 비어 있었다. 표적은 다른 건 다 객실에 두고 내용물만 꺼내서 어디론가 나간 듯했다.

'여객선에 거래 상대가 있나?'

직업이 직업이다 보니 패키지를 생각하면 마약 거래가 떠오른다. 비밀 연구소에서 훔친 패키지라 했으니, 꼭 마약은 아니더라도 브로커와 거래하기 좋은 약품 같은 것일 터였다. 최악의 경우, 국제법으로 금지된 나노 무기나 바이러스일지도 모른다. 표적은 여객선에서 누군가와 거래하기로 했을지도 모른다.

'표적이 자기 추종자를 구하려 한 정황이 있다고 했지.'

고릴라가 승합차에서 그렇게 말했다. 판매건 양도건 간에, 패키지가 제삼자의 손에 넘어가면 그때는 정말 수습이 안 된다. 그 전에 막아야 했다.

'여기서 기다리고 있을 때가 아니군.'

그때, 어디선가 괴성이 울려 퍼졌다. 강화 인간 청력에 간신히 들릴 만한 소리라서 긴가민가했지만, 괴수 영화 속 괴물이 낼 법한 그런 괴성이었다. 객실 밖으로 나간 뒤, 선내 중앙 계단을 뛰어 내려갔다.

3층 중심부의 카페 쪽에 사람이 많이 있었는데, 그들도 괴성을 들었는지 웅성거렸다.

"방금 그 소리 들었어? 무슨 괴물 소리 같은 거."

"에이, 엔진 소리겠지."

계단에서 가까운 테이블에 앉은 사람들은 수군거렸지만 크게 걱정하는 기색은 아니었다. 2층까지 내려가서 확인해야 하나 생각한 순간, 2층에서 누군가가 소리쳤다.

"도망쳐! 괴물…… 괴물이야!"

*

지수호 2층, 화물칸의 컨테이너 적재 구역 너머, 가장 구석진 곳에는 좁은 입구의 창고가 있었다. 선원들도 자주 쓰지 않는 온갖 물건을 쑤셔 박아두는 인적 드문 그 장소에, 검은 옷의 남자가 들어갔다.

검은 옷의 남자가 속삭이듯 물었다.

"친구, 친구. 거기 있어?"

미리 와서 대기 중이던, 가죽 장갑을 낀 남자가 웃으며 맞이했다.

"왜 이리 늦었어?"

검은 옷의 남자는 안도했다.

"친구……."

가죽 장갑의 사내는, 검은 옷의 남자가 텔레그램으로 만난 동료였다. 검은 옷의 남자의 사상을 유일하게 이해하고 공감해 주는 추종자이기도 했다. 비밀 연구소에 불을 지르고, 프로토타입이 담긴 패키지를 훔쳐 오라고 제안한 것도 가죽 장갑의 사내였다. 가죽 장갑의 사내는 검은 옷의 남자의 식은땀을 닦아주며 말했다.

"오느라 힘들었지? 자네 안색이 많이 안 좋은데."

"추적자가 붙은 거 같아."

"뭐, 경찰? 아니면 요원?"

"그건 나도 모르겠어."

"그럼 가지고 온 패키지를 빨리 넘겨줘. 자네가 갖고 있으면 위험하니까."

가죽 장갑의 사내가 손을 내밀었고, 검은 옷의 남자는 품 안의 패키지를 꺼냈다. 하지만 건네주지는 않았다.

"왜 그래?"

"내가 의심이 많은 거 알지, 친구?"

"그건 당연히 알지."

"그럼, 자네의 본심을 확인하기 위한 마지막 질문 하나 해도 되겠나?"

"훗, 아니."

가죽 장갑의 사내가 창고 구석을 향해 손짓했다. 그러자 숨어 있던 한 사내가 나와 몽둥이를 휘둘렀다.

퍽.

검은 옷의 남자는 뒤통수를 몽둥이로 강타당했다. 검은 옷의 남자는 줄 끊어진 마리오네트처럼 쓰러졌다.

"크크큭, 이렇게 쉽게 일이 풀리다니."

가죽 장갑의 사내는 웃었다. 검은 옷의 남자는 쓰러진 채 신음하며 경련했고, 가죽 장갑의 사내는 패키지를 주워 그 안에 든 것을 확인했다. 주사기였다. 나노 화합물 기반의 바이러스가 들어 있는 주사기.

몽둥이를 든 사내가 물었다.

"형님, 그게 정말 돈이 됩니까?"

가죽 장갑의 사내는 껄껄 웃기 시작했다.

"비밀 연구소에서 만들어낸, 전 세계에 하나뿐인 바이러스 주사기야. 이걸 제약 회사나 생화학 기업에 팔아넘긴다고 생각해봐. 그렇게 하면 평생 놀고먹을 현찰을 챙길 수 있다고."

"헤, 그런가요? 근데 그런 걸 넘기려면 깨끗한 상태로 넘겨야 하지 않습니까?"

"갑자기 뭔 소리야?"

"그게, 제가 보기엔 이미 사용 흔적이 있어 보여서요……."

"뭐?"

가죽 장갑의 사내가 다시 확인해보니 놈의 말이 맞았다. 주사기 내부는 텅 비어 있었다.

그때 검은 옷의 남자가 웃으며 말했다.

"이럴 줄 알고 터미널에서 미리 나한테 주사했지. 나는 늘 최악의 상황을 가정하니까."

검은 옷의 남자는 여객선에 탑승하기 약 5분 전, 주사기 속 나노 화합물 기반의 바이러스를 자신에게 주사했다. 그리고 약 5분 뒤 위장을 토했다. 지금은 그로부터 약 30분이 지났다. 검은 옷의 남자는 경련이 이는 턱을 부여잡고 빠르게 설명했다.

"친구, 여객선에 타기 전에 나는 생각했어. 우리가 나눈 계획대로라면, 내가 여객선에 탄 이후로는 더 이상 바이러스를 지니고 있어야 할 필요가 없다고. 그래서 여객선에 타기 직전에 주사했지. 그리고 인간으로서 의식을 유지할 수 있는 동안, 네 진심을 확인하고 싶었다. 너만 괜찮다면 나는 너를 특별한 베타로 만들어줄 수 있었을 텐데. 하지만 너는 날 배신했지."

알 수 없는 설명이었다. 가죽 장갑의 사내가 화내려는 순간, 검은 옷 남자의 몸에서 극적인 변화가 일어났다. 변화는 소리에서 시작되는 듯했다. 과자 봉지가 트럭 밑에 깔려 터질 때 나는 듯한 팍 소리. 폭음과 함께 팔다리가 치솟듯이 길어졌고, 두개골이 커졌으며, 머리카락은 민들레 홀씨처럼 모조리 뽑어져 흩날렸다. 치아, 손톱, 발톱도 길고 예리하게 변했는데, 가장 기이한 형태로 길어진 것은 턱이었다. 턱이 비정상적으로 길쭉해졌고, 입을 벌리면 사람의 머리통쯤은 통째로 집어삼킬 수 있을 정도였다.

너무나 갑작스러운 변화 앞에, 가죽 장갑의 사내와 몸둥이를 든 사내는 적절한 반응을 보이지 못했다. 검은 옷의 남자가 괴물의 형상을 취하는 데 걸린 시간은 단 3초였기 때문이다. 신장 2.5미터의 괴물은 몸을 일으키는 자세 그대로 손끝을 휘둘렀다. 몽둥이를 든 사내의 목에 긴 상흔이 그어졌다. 경동맥과 경정맥이 동시에 절단되어 피가 쏟아졌고, 몽둥이를 든 사내는 자기 목을 움켜쥐며 쓰러졌다. 꿀렁거리며 나오던 피가 졸졸 흐르는가 싶더니 절명했다.

"끼예에에에에엑!"

괴물은 첫 살인을 마친 뒤에 분노의 울부짖음을 토해냈다. 가죽 장갑의 사내는 오줌을 지렸다. 그때, 덜컹 소리가 나며 창고 문이 열렸다. 괴물이 울부짖는 소리를 듣고, 화물 기사 한 명이 확인하러 온 것이다. 괴물은 고개를 옆으로 돌린 채 손만 뻗어 가죽 장갑 사내를 쥐어짜 죽였다. 그 틈에 화물 기사는 문을 닫고 도망쳤다. 그리고 목청껏 소리쳤다.

"도망쳐! 괴물이 나타났다!"

*

괴물이 나타났다는 소리를 듣고, 나는 피가 식는 기분이 들었다. 위기 상황을 머리로 파악하기 전에, 몸이 먼저 긴장하고 감각이 예민해진다. 나는 주위를 살피기 시작했다. 다행히 선내가 바로 혼란의 아수라장이 되지는 않았다. 중앙 계단 쪽 사람들이 웅성거렸다.

“뭐래?”

“뭐가 나타났다고?”

그들은 서로를 보며 되묻기만 할 뿐, 적극적으로 행동하지는 않았다. 나는 스마트폰의 손전등 기능을 켠 채, 2층으로 내려가는 계단 아래를 비췄다. 옅은 회색의 무언가가 느릿느릿 네발로 기어 올라오고 있었다. 제대로 서면 실제 키는 2.5미터쯤 될 법한, 유난히 턱이 긴 괴물이었다. 괴물은 입으로 뭔가를 질겅거렸는데, 그것은 사람의 팔이었다. 가죽 장갑을 착용했던 누군가의 손이 괴물의 입가에 비죽 나와 있었다.

괴물과 눈이 마주쳤다.

괴물은 씹던 팔을 내 쪽으로 훅 뱉었고, 나는 간신히 옆으로 굴러 피했다. 3층 복도에 사람 팔이 데굴데굴 굴렀다. 주변 사람들이 헛숨을 들이켰고, 나는 그들 등을 떠밀며 도망치게 했다. 그리고 카페와 식당 쪽으로 뛰어가며 소리를 내질렀다.

“도망가!”

그제야 앉아 있던 사람들이 주춤주춤 일어났다. 3층 객실에 있던 사람들도 머리를 빼꼼 내밀었다.

“멀뚱히 보지 말고 도망치라고!”

나는 미친놈처럼 팔다리를 휘저으며 소리쳤다. 하지만 몇 명은 호기심을 보이며 오히려 계단 쪽으로 향했다. 느릿느릿 계단을 올라온 괴물과 마주친 그들은 놀라서 멈칫했고, 괴물은 그들을 향해 단검처럼 긴 손톱을 휘둘렀다. 툭툭 소리와 함께 사람들의 목이나 어깨 언저리가 무참하게 썰려나갔다. 그제야 곳곳에서 비명이 터져 나오고, 사람들이 도망쳤다. 영화에 나오는 것처럼 서로를 밀쳐대는 아수라장은 아니었지만, 질서 있고 효율적인 대피도 아니었다.

"이쪽이요, 이쪽!"

승무원들이 대피 안내에 나섰다. 다른 비상계단이나 외부 갑판 쪽 계단으로 안내하려 했지만, 괴물은 소리에 민감했다. 괴물은 사람이 많이 몰린 곳을 우선으로 표적을 삼는 영악함도 보였다. 사망자와 부상자가 순식간에 급증했고, 도저히 도망칠 수 없다고 판단한 일부 사람들은 객실에 숨어들었다.

객실을 찾아 숨지도, 도망가지도 못한 채 복도 끝에 모여 당혹스러워하던 이들도 있었다. 환경보호 동아리 대학생들이었다. 괴물은 그들을 노리며 복도를 천천히 걸었다. 그리고 나는 그 틈을 노렸다. 복도에 놓인 묵직한 소화기를 움켜쥐고 도약하며 괴물의 뒤통수를 후려친 것이다.

뒤통수에 갈긴 일격이 제대로 먹혔는지, 괴물은 앞으로 쓰러졌다. 올라타서 몇 방 더 후려갈길 생각이었는데, 괴물이 쓰러진 자세에서 발길질을 날렸다. 소화기로 괴물의 발을 막았다. 소화기가 찌그러지고 놈의 발자국이 새겨졌다.

한숨 돌릴 새도 없이 괴물의 얼굴이 내 쪽으로 쑥 다가왔다. 솔직히 이때 괴물이 나를 공격했다면 나는 죽었을 것이다. 하지만 괴물은 팔을 휘두르는 대신, 내 쪽을 향해 코를 몇 번 킁킁거렸다. 나를 잡아먹을 가치가 있는 희귀한 고기라 느꼈는지, 아가리를 쩍 벌렸다. 나는 엉겁결에 괴물 면상에 소화 분말을 잔뜩 분사했다. 괴물은 허연 눈을 문지르며 컥컥거렸다.

복도 저편에 있는 대학생들에게 소리쳤다.

"이쪽으로 뛰어!"

하지만 대학생들은 차마 움직이지 못하고 머뭇거렸다. 내가 뿌린 희뿌연 소화 분말 속에 괴물이 있었으니까. 두려움을 뚫고 내 쪽으로 올 정도의 용기와 각오는 없었으리라.

그동안 괴물은 회복을 마쳤고, 소화 분말은 가라앉았다. 괴물은 주춤거리는 대학생들과 나를 번갈아 보더니, 훼방꾼인 내 쪽으로 몸을 돌렸다. 재차 소화기를 분사하려 했으나 쉭쉭 소리만 나오고 분말은 더 이상 나오지 않았다. 괴물의 발길질 때문에 절반이 막힌 걸까. 괴물은 양손을 휘둘러댔다. 나는 괴물의 공격 대부분을 피했고, 일부 공격은 소화기로 막았다. 괴물의 공격 속도는 강화 인간의 모든 집중력을 동원하면 간신히 보고 피하는 게 가능한 수준이었다.

'어떻게든 정면에서 더 싸울 수 있다. 이기진 못해도 남들이 대피할 시간을 더 끌 수 있다. 해보자!'

아니었다. 괴물의 공격에만 집중하며 피하다 보니, 바닥의 흥선한 피를 밟고 말았다. 그 탓에 미끄러져 엉덩방아를 찧었고, 소화기도 놓쳤다. 괴물은 내 머리를 통째로 씹어 먹으려는 듯이 입을 쩍 벌렸다.

"위험해!"

복도 끝에 있던 한 대학생이 소리치더니, 끝이 뾰족한 깃대를 투창처럼 던졌다. 괴물의 등을 노리고 던진 것 같은데, 괴물의 어깨를 스치고 날아와 내 머리에 꽂힐 뻔했다. 나는 그 '화석연료 철폐'라고 적힌 깃발이 달린 깃대를 짧게 붙잡고, 괴물의 한쪽 눈을 깊이 찔렀다.

눈에 깃대가 박힌 괴물은 괴로워하며 몸부림쳤다. 괴물은 몸을 사방에 부딪치며 발광했다. 놈의 눈에 박힌 깃대를 놓지 않은 내 몸도 그에 맞춰 좌우로 쿵쿵 부딪혔다. 그러던 와중 다인실 객실 문 하나와 충돌했고, 나는 객실 안쪽으로 넘어졌다. 괴물은 눈에 뽑힌 깃대를 내던진 뒤, 나를 좇아 객실로 들어왔다. 마룻바닥이 있는 거실 형태의 객실 바닥에는 이불이 깔려 있었는데, 황급히 뛰어들던 놈은 이불을 밟으며 미끄러졌다. 그 틈에 나는 객실 밖으로 뛰쳐나와 문을 닫았다. 그리고 복도에 떨어진 깃대를 집어서 객실 문 틈새를 간신히 끼워 막았다.

'좋아, 괴물이 문을 부수고 나오기까지 1, 2분 정도는 벌 수 있겠지.'

"튀어!"

이번에는 대학생들도 도망쳤다. 당장이라도 문밖으로 괴물이 뛰쳐나올 것 같아서 오금이 저렸지만, 우리는 다행히 중앙 계단으로 가서 4층으로 뛰어올랐다.

계단 위에는 두 승무원이 있었다. 무전기를 쥔 나이 많은 승무원이 사람들에게 재촉했고, 다른 젊은 승무원은 벽에 붙어서 셔터 조작 패널에 손을 얹고 있었다.

"빨리! 더 빨리 올라와요!"

'셔터 내릴 준비를 하고 있었나.'

나는 생존한 대학생들에게 5층까지 올라가라고 조언했고, 그들은 내게 감사를 표한 뒤 올라갔다.

나는 무전기를 든 승무원에게 물었다.

"셔터는 튼튼합니까?"

나이 많은 승무원이 짜증스럽게 대답했다.

"네!"

계단 셔터는 완전 차단형으로, 빈틈없는 철판 형태라고 했다. 셔터가 내려오면 3층과 4층의 중앙 계단은 확실히 차단될 터였다. 괴물에게 3층을 통째로 내주고, 사람들을 4층과 5층에 안전히 모으고 대책을 마련하는 게 나을 테니까. 현실적으로 1층과 2층에 있을 사람들까지 구할 수는 없었다.

무전기를 든 승무원은 조타실과 다급하게 연락을 주고받은 뒤, 결국 이렇게 외쳤다.

"셔터 내려!"

나이 많은 승무원이 소리쳤지만, 패널에 손을 얹은 젊은 승무원은 버튼을 누르지 않았다. 3층에는 아직 비명을 지르는 사람이 많이 있었으니까.

"아, 아직 사람들이……."

"셔터 내리라고, 새끼야!"

젊은 승무원은 버튼을 누르지 않았다. 보다 못한 나이 많은 승무원이 그를 밀어낸 뒤, 직접 셔터 내림 버튼을 눌렀다. 하지만 셔터는 내려가지 않았다.

"어? 이거, 이거 왜……."

평소에 셔터를 내릴 일이 없어서일까? 전기 배선 문제인지, 셔터 틈새에 오염물이 끼어서인지, 셔터는 요지부동이었다. 불행 중 다행인 점이 있다면, 그 몇 분 동안 다른 부상자들이 부축받으며 계단을 올라왔다는 점이다. 다른 사람들은 모두 고개를 쳐들고 셔터만 바라보며 발을 동동 굴렀다. 승무원이 무전기 쥔 주먹으로 버튼을 내려친 순간, 마침내 셔터가 반응을 보였다.

지이잉.

아주 느리고 시끄럽게 내려오는 셔터였지만, 모터 작동음이 구원의 소리처럼 들렸다.

“됐다! 셔터 내려온다!”

“이제 살았어!”

그런데 괴물은 이미 계단 밑에 와서 기다리고 있었다. 우리가 셔터만 올려다보느라 발견이 조금 늦었을 뿐. 우리의 환호성은 싹 사라졌다. 괴물은 가만히 쭈그려 앉은 자세로 무표정하게 올려다봤다. 괴물의 하나뿐인 눈에는 고요한 원망이 가득했다.

지이잉.

셔터는 이제 겨우 3분의 1만 내려왔다. 그리고 덜컥 소리가 나더니 멈췄다. 뭐에 또 걸린 건지, 연속된 불운에 기가 막혔다. 그런데도 괴물은 올라오지 않았다.

우리의 창백한 얼굴을 확인한 괴물은 흉측한 웃음을 짓더니, 뒤돌아서 매우 빠른 속도로 떠났다. 그 직후 나는 더듬더듬 손을 뻗어서 셔터를 당겼고, 다행히 그 이후에는 셔터가 덜덜거리며 정상 속도로 내려와 닫혔다.

우리는 황급히 셔터에 자물쇠를 걸어서 다시 열리지 않게 단단히 고정했다. 곳곳에서 계단과 문을 막으라는 외침이 들려왔다. 그런데 괴물은 왜 4층으로 올라오지 않고 구경만 하다 도망쳤을까?

*

4층과 5층의 분위기는 전란 속 피난민들이 탄 배와 비슷했다. 사람들은 일단 살았다는 안도감, 친지를 잃고 혼자 살아남았다는 비애감을 모두 느꼈다. 고통을 호소하는 부상자들의 목소리, 연민하는 이들이 돕는 소리, 이 와중에도 할 일을 찾아하는 분주함의 소리도 뒤섞였다.

나는 다른 이들과 함께 바리케이드를 쌓는 일에 동참했다. 남들보다 두 배 더 빠르고 정확하게 턱턱 쌓는 모습을 보며 사람들은 감탄했다. 우리는 외부 갑판과 통하는 데크도어까지 전부 보강한 뒤, 다시 셔터 앞으로 돌아와서 바리케이드를 점검했다.

'일단 4층이랑 5층은 안전해졌다고 봐도 되겠지.'

그때 3층 사람들의 비명이 셔터를 뚫고 올라왔다.

"아아아악!"

도망치는 대신 숨어서 버티는 것을 택한 사람들의 비명이었다. 참혹했다.

'아까 괴물이 웃었던 이유가 이것 때문일까? 3층에 남은 이들을 학살할 생각 때문에?'

괴물이 보인 여유로운 태도에서 분명한 지성과 악의가 느껴졌다. 이대로 안도하고 가만있으면 안 된다는 생각이 들었다.

나는 셔터 닫을 때 봤던 나이 많은 승무원을 찾아서, 무전기를 잠깐 빌려달라 요구했다.

그는 경계하는 눈빛으로 물었다.

"무슨 용건이시죠?"

"선장에게 할 말이 있습니다."

"제게 말씀하시면 대신 전해드리겠습니다."

나는 해양경찰이나 다른 기관에 구조 요청은 했는지, 구명 뗏목과 구명정으로 대피를 지시할 생각이 있는지 등을 물었다. 승무원은 무전기로 조타실 쪽과 대화를 나눈 뒤, 내게 알려줬다.

"할 수 있는 최대한의 구조 요청을 했다고 합니다. 그리고 탈출 요청은 기각됐습니다. 파고가 너무 높고, 탈출 도중 괴물의 습격이 우려된다고 하십니다."

선장이 그렇게 말했다면 하는 수 없다. 하지만 내 뇌는 지금 뭔가를 놓치고 있다고, 가만있으면 안 된다고 연신 소리치고 있었다.

'내가 뭘 놓치고 있는 거지?'

"2층과 1층 상황은 어떻습니까? 아는 게 있으십니까?"

내가 질문하자 승무원은 이번에도 순순히 대답했다. 아까 셔터를 함께 닫을 때 나를 좋게 본 모양인지도 모르겠다.

"2층은 괴물에 의해 CCTV가 하나만 빼고 다 파괴된 상태입니다. 일하던 분들이 어떻게 되었는지는 확인이 어렵습니다. 불행 중 다행으로 1층은 완전 봉쇄 상태로, 아직은 잘 버티고 있다고 합니다."

다 파괴되고 하나 남았다는 2층 CCTV에 대해 더 자세히 묻고 싶었다. 그런데 하필 고릴라가 별안간 연락해왔다. 조금 떨어진 곳에서 전화를 받았는데, 놈은 화날 만큼 여유로운 목소리였다.

"상황은 좀 어떤가?"

"지금 미쳐 돌아가는 중이야."

"왠지 그럴 것 같더군."

"역시, 배낭에 도청기라도 달아놨냐?"

"응, 그리고 위치 발신기도……. 표적은 결국 괴물로 변한 모양이군."

다 예상하기라도 한 듯한 말투였다.

"이 상황에 대해 뭘 알고 있지?"

"한 절반쯤?"

"전부 말해!"

고릴라는 많은 걸 말해줬다. 표적이 챙긴 패키지 안에는 위험한 바이러스가 있었는데, 그것은 50개 국가에서 비준된 나노 무기 금지 조약에서, 최고 위험 품목으로 지정된 나노 화합물 기반 바이러스라는 것.

즉, 그 바이러스는 존재가 알려지는 것 자체가 위험했기에, 강화 인간 시술을 받은 탈주 요원을 이 위험한 임무에 써먹기로 했다는 것.

"잠깐, 괴물이 원래 사람이었고, 바이러스를 주사해서 그렇게 된 거라고?"

"맞아."

"바이러스 가지고 사람이 괴물로 변하는 게 말이 되나?"

"일반적인 바이러스가 아니거든."

고릴라는 나노 화합물 기반의 바이러스의 특성에 대해 자세하게 설명했다. 절반은커녕 반의반도 못 알아먹었다. 다만 일반적인 바이러스가 신체 감염의 영역이라면, 이 나노 화합물 기반의 바이러스는 신체 교체에 가까웠다는 것만은 알아챘다. 그 부분만은 익숙했다.

"내가 받은 강화 인간 시술 과정이랑 비슷하게 들리는군."

"겹치는 부분이 제법 있지. 이번 나노 화합물 기반의 바이러스는 인간의 숙주세포를 흡수해서 괴물의 것으로 변환, 교체하는 방식이니까."

고릴라는 술술 설명했다.

"바이러스에 감염된 자는 짧게는 5분, 길면 20분 만에 내장 재구축 과정을 거치지. 십중팔구는 이때 내장을 토하게 되고, 30분에서 40분 이내에 괴물로 변하게 되는 거지."

"그랬던 건가."

궁금증 하나가 해소됐다. 그리고 내가 여객선에 다가기도 전에 이미 임무 실패 상태였다는 걸 깨달았다. 터미널에서 내장을 토한 표적은, 이미 화장실에서 바이러스를 자기 몸에 주사했다는 뜻이니까. 즉, 바이러스도 잃었고 죽여야 할 표적은 괴물이 되었으니, 임무 두 가지를 모조리 실패했다는 뜻이다.

"받은 돈 돌려줘야 하나?"

나는 지금도 돈 가방을 등에 메고 있었다.

"서두를 거 없어. 아직 자네 임무는 실패하지 않았으니까."

"무슨 소리야?"

"변한 건 없다."

고릴라는 내게 설명했다.

"표적은 괴물로 변했을 뿐, 아직 죽지 않았어. 그리고 회수할 패키지 속에 있던 원본 바이러스는 표적의 몸속에 있지. 즉, 표적을 죽이고 놈의 피를 조금이라도 회수한다면, 너는 여전히 임무를 성공하게 되는 거야."

"야, 이 미친 새끼야. 이 난리통에 그게 되겠냐?"

괴물은 빠르고 강했다. 강화 인간인 나조차 정면으로 싸우면 밀린다.

"사실 너라면 가능할 거야. 한 방이면 되거든."

"한 방?"

"네게 준 주사기 말인데……. 그건 사실 나노 변이형 괴물까지 한 방에 죽일 수 있도록 제작된 거거든."

고릴라는 주사기의 숨겨진 기능도 설명했다. 일단 표적 몸에 주사기를 꽂으면, 주사액이 표적을 죽이는 것과 동시에, 자동으로 표적의 혈액 샘플도 추출하는 기능도 있다는 것.

"잠깐, 이걸로 찌르면 괴물도 죽는 거였어?"

"응? 당연하지."

"뭐가 당연해, 이 새끼야! 진작 말했어야지!"

이 말대로라면, 나는 괴물을 죽일 기회가 있었다. 괴물이 환경보호 동아리 대학생들을 노릴 때, 나는 괴물의 뒤통수를 소화기로 후려친 적이 있었다. 그때 차라리 이 주사기로 찔렀다면 상황은 그때 종료되었을 텐데.

고릴라 놈은 차갑게 말했다.

"이건 계약이야. 모든 정보와 리스크를 다 친절하게 브리핑해주는 그런 임무가 아니야. 정신 차려라."

그 부분에 반박할 말은 없었지만, 추궁할 말은 있었다.

"솔직히 말해. 너, 어디까지 생각하고 내게 이 임무를 맡긴 거지?"

"흠?"

"표적이 괴물로 변하건 말건 사실 상관없었던 거 아닌가? 제한된 공간에서 바이러스로 만들어진 괴물이 얼마나 위험한 건지 테스트하고 싶었던 것 아닌가?"

여객선은 절묘한 환경이다. 제법 크고 사람도 많지만, 완전히 오픈된 마을이나 도시와 달리 폐쇄된 공간이다. 바다 위에 띄워놓고 정신 나간 테스트를 하기 적당하다.

고릴라는 어이없다는 듯이 되물었다.

"테스트 장소가 마침 그 여객선이었다는 건가?"

"그래, 괴물 처치와 혈액 샘플 채취가 동시에 이뤄지는 주사기를 준 것도, 한 박자 늦게 정보를 일방적으로 제공해주는 이 통화도 그 테스트의 일부일 테고."

고릴라는 긍정도 부정도 하지 않았다.

"생각하고 싶은 대로 생각해. 화내거나 의심하는 건 자유지만, 단 하나 절대적으로 분명한 사실이 하나 있지. 우리가 맺은 계약은 아직 끝나지 않았다는 것."

빌어먹게도 고릴라 말이 맞았다. 선수금은 받았고, 표적은 살아 있고, 바이러스도 표적이 품고 있다. 바뀐 건 없다. 요원이라면 임무를 완수해야 한다.

"마저 임무를 완수해라. 도움이 될 만한 중대한 힌트를 주지. 그것도 여러 개를."

"힌트?"

"그래, 바이러스 기반 괴물답게 감……."

갑자기 전화가 끊겼다. 만약 고릴라가 일부러 끊은 것이라면, 정말 상종 못 할 개자식이다. 다만 그런 건 아닌 듯했다. 주변의 다른 이들도 통화가 먹통이 됐다고 호소하고 있었다. 파도 때문에 해상 기지국과의 연결이나 통신 증폭기에 작은 오차가 생겼거나 한 모양이었다.

그때, 배가 갑자기 크게 기우뚱했다. 많은 이가 비명을 질렀다. 배가 침몰하는 줄 알고 가슴이 선뜩했다. 잠시 뒤 원인을 알 수 있었다. 운항 중이던 배의 엔진이 갑자기 멈춘 탓에 배가 크게 출렁인 것이다.

"뭐, 뭐야, 이거."

"엔진 고장이야? 하필 지금?"

승객들과 승무원들은 수군거렸지만, 다들 알고 있었다. 우연한 엔진 고장일 리가 없다는 것을. 눈치 빠른 사람들은 기관실이 1층에 있다는 것을 떠올렸다.

*

5층 조타실과 1층 기관실은 인터폰으로 긴밀히 연결되어 있었다. 그래서 괴물 사태가 터진 직후, 선장의 지시에 따라 1층의 모든 문을 봉쇄했다. 기관실의 문은 비상시에 수밀격벽 역할을 할 정도로 튼튼했기에, 단단히 잠가두면 괴물조차 뚫고 들어오지 못했다.

다른 이들이 1층 곳곳을 확인하러 간 동안, 기관사 한 명만 엔진 제어실에 남아 초조하게 나음 지시를 기다리고 있었다. 그때, 엔진 제어실과 연결된 수직형 비상탈출 통로 너머에서 누군가가 문을 두드렸다. 기관사는 흠칫했다.

“열어주세요!”

못 견딜 만큼 애처로운 목소리였다. 괴물이 낼 법한 소리는 절대 아니었다. 괴물이 사람 말을 한다는 정보 하달은 없었으니까. 문 너머 부상자의 절박한 애원이 계속되자, 기관사는 자기도 모르게 막아두었던 문을 열어줬다.

그 문 너머에는 발목이 끊기고 눈알이 뽑힌 사람과, 그 사람을 한 손에 들고 있는 괴물이 있었다. 말을 못 하는 괴물은 죽어가는 사람을 들고 사다리를 내려와서 대신 문을 열도록 한 것이다.

*

우리가 괴물을 3층 아래로 묶어둔 게 아니었다. 괴물이 우리를 4층 위쪽에 몰아넣고 묶어둔 것이다. 괴물은 3층과 2층의 생존자와 CCTV를 처리한 뒤 알 수 없는 방법을 써서 1층으로 침입해, 기관사들을 죽이거나 제압한 뒤 엔진 작동을 멈췄을 것이다.

괴물이 더 아래층으로 내려가 엔진까지 정지시킬 거라고는 생각하지 못했다. 괴물이 사람만 공격할 거라고 여겼던 탓이다. 방심했다.

"젠장, 여기 다 모여!"

한 건장한 남자가 4층 카페의 테이블 위에 올라갔다. 승선할 때 언뜻 본 삼국지 동호회 소속의 30대 초반 남자였다. 그가 고래고래 소리치기 시작했다.

"우리끼리 괴물을 죽이러 갑시다!"

"옳소!"

"가서 그 괴물을 죽입시다!"

테이블 주변에는 이미 몇몇 사내가 무기를 들고 모여 있었다. 괴물에 의해 가족과 친구를 잃은 사내들이었다. 나이대는 다양했는데, 그 기세만은 반동탁 연합을 결성할 때의 군웅 같았다.

"기껏해야 손톱 휘두르는 괴물 아닌가! 그것도 한 마리!"

"맞아! 지금 우리 머릿수가 몇인데!"

"자, 여러분! 갈 수 있는 남자들은 다 무장해서, 괴물 사냥 나갑시다!"

공포가 한 번 천장을 쳤다가 내려온 탓인지, 사내들은 사냥을 쉽게 입에 올렸다. 무전기를 든 승무원이 말렸지만, 사내들은 이미 자신들을 '사냥 팀'이라고 칭했다.

선내의 분위기가 괴물 사냥을 응원하는 쪽으로 확 쏠렸다. 목숨 걸고 머릿수로 밀어붙이면 이기긴 이길 거라는 분위기.

"제발 진정하시고, 조금만 기다려주십쇼! 기다리면 구조대가 올 겁니다!"

승무원들이 필사적으로 말렸지만, 사냥 팀은 코웃음 쳤다. 하필 통신이 불안정하고 엔진이 멈춘 상황이라, 승무원들의 말은 설득력이 부족하게 느껴졌다.

"자, 사냥 팀은 무장하고! 3분 뒤에 중앙 계단 셔터 앞으로 집합!"

사내들은 청 테이프를 핵심 도구 삼아 무장을 보강했다. 식칼과 빗자루를 결합하여 창처럼 들었고, 일부는 조리실용 커다란 냄비 뚜껑을 팔뚝에 묶어서 방패를 만들었다. 화염병을 만드는 사내도 있었고, 누군가는 객실 이불을 망토처럼 둘러서 어깨와 등을 보호하기도 했다.

사냥 팀 대장이 내게도 동참을 권했다.

"어이, 형씨. 그쪽도 체격 좋아 보이는데 같이합시다."

짧은 고민 끝에, 나는 이렇게 말했다.

"사냥은 플랜 B로 두고, 일단은 선장의 지시대로 함께 기다려보죠."

"흥, 겁나면 뒤로 가서 부상자들이나 도우슈."

사냥 팀 대장은 경멸조로 말했고, 나는 별 고민 없이 그렇게 하기로 했다. 감정을 우선시하는 사냥 팀에 편입되는 것보다는, 부상자를 간호하는 게 더 합리적이었으니까. 등 뒤에서 저 덩치만 큰 겁쟁이 새끼 어쩌고, 하는 소리가 들렸지만 흘려들었다.

일부 객실은 중환자실처럼 변해 있었고, 승무원들과 몇몇 사람이 부상자들을 돌보고 있었다. 의사는 없었기에, 간신히 소독약과 붕대로 응급처치 하는 수준이었다. 내가 뭘 도울 수 있을까 하고 주위를 돌아본 순간.

"우웨에에엑!"

부상자 수십 명이 일제히 구역질해댔다. 괴물에게 공격당하고 온 부상자들이었다. 아니길 바랐지만, 그들은 예외 없이 내장을 토해냈다. 치료를 돕던 이들은 기겁하며 물러났다. 모든 환자가 내장을 토하면서도 죽지 않고 힘들어하기만 하는 이 상황을 누구도 이해하지 못했다. 내장을 토한 당사자들도 어이가 없어서 멍한 눈으로 서로를 돌아봤다. 오직 나만 이 상황을 이해하고 확신했다.

'바이러스라고 했지.'

나는 고릴라가 내게 주려고 했던 힌트가 뭐였는지 알 것 같았다.

'감염이다.'

괴물은 주사기 속 나노 화합물 기반의 바이러스에 감염됐다. 그리고 이 사람들은 그 괴물에게 공격당했다.

'괴물에게 직접 공격당한 자들도 감염된다.'

개인차가 있지만, 감염되고 5분에서 20분 정도 지나면 첫 증상이 나온다고 했다. 이제 이들이 괴물로 변하기까지의 시간은 그리 길지 않았다.

'그래서였나.'

3층에서 괴물은 셔터를 비집고 들어오는 대신 일부러 봐줬다. 왜냐하면 그 괴물은 시간이 자기 편이라는 것을 알았으니까. 자신에게 공격당하고 4층으로 피신한 부상자들이 30분 뒤에 괴물로 변할 거라는 것을.

'이제 어쩐다…….'

그때, 일시적 통신 장애로 오지 못했던 문자메시지가 한꺼번에 수십 통이 왔다. 고릴라가 보낸 문자메시지의 내용은 동일했고, 바이러스에 대해 설명하는 힌트가 적혀 있었다.

'비밀 연구소의 신형 바이러스는, 오염된 고온 환경 속에서도 사람이 살 수 있도록 인체를 개조하기 위해 만들어졌다. 다만, 자체 결함과 전염성 때문에 폐기하려 했으나, 연구원이던 표적이 빼돌렸다.

바이러스에 최초로 감염된 자는 약 30분에서 40분 뒤, 공격성이 극도로 발달한 괴물로 변하는데, 이 최초의 감염체를 '알파'라 한다. 알파의 지능과 기억은 대부분 인간 시절의 것을 유지하나, 사람을 향한 살의, 증오, 감염을 퍼뜨리고자 하는 성향을 강하게 품게 된다. 이 알파에게 공격당한 다른 사람은 구십 퍼센트 확률로 감염된다. 만약 괴물의 혈액이나 체액이 피부에 닿는 경우는 백 퍼센트 감염된다.

이렇게 알파에 의해 감염된 자는 베타가 되며, 베타에 의해 감염된 자는 감마가 된다. 이런 식으로 델타, 엡실론, 제타 순으로 연쇄 감염이 이어질 수 있다. 단, 하위 감염체일수록 지능 수준과 공격성은 점차 감소할 것으로 추측된다.'

결국 나는 소리 내서 중얼거렸다.

"망했군."

감염자가 늘어나게 된다는 상황은, 사태의 심각성을 기하급수적으로 키웠다. 이제는 배에 탄 우리만의 문제가 아니다. 감염자로 가득한 이 배가 항구에 도착하면, 감염은 나라 전체로 퍼져나갈 수 있다는 소리다.

그리고 이는 괴물이 엔진을 일시적으로 멈춘 이유를 알려준다. 여객선 안의 모든 사람을 감염자로 만든 다음에 항구에 도착해서, 대량의 감염자를 퍼뜨리기 위함이다.

"죄다 절망적인 이야기뿐이군."

마지막 문단에 그나마 희망적인 이야기가 있었다.

'모든 감염체는 절대적인 충성 서열로 연결되어 있으며, 최상위 감염체가 죽으면 나머지 감염체도 즉시 죽는다. 따라서 알파만 죽이면 나머지 괴물도 다 죽고, 바이러스 사태는 종결된다. 행운을 빈다.'

"행운 같은 소리 하네."

믿을 건 주사기와 내 몸뚱이뿐이다.

*

힌트를 확인하고 1분 뒤, 나는 열두 명으로 구성된 사냥 팀 대장이 되어 있었다. 대장 놀이를 하고 싶어서 대장을 맡은 건 아니었다. 괴물을 죽이기 위한 사냥 팀을 제대로 지휘하려면, 두 가지 조건이 필요했다.

첫째, 괴물에 대해 조금이나마 알고 있는가?

둘째, 괴물을 죽일 수단을 알고 있는가?

이 두 가지 조건에 부합하는 것은 나뿐이었다. 사람을 모으던 기존 대장 놈은 내가 대장을 하겠다고 하자 반발했지만, 내 주먹에 맞아 턱이 깨진 뒤로는 수긍했다.

나는 거짓말을 좀 섞어서 상황을 설명했다.

"미친 소리 같겠지만, 나는 괴물을 사냥하러 이 여객선에 탄 놈이다!"

반신반의하는 이들에게는 돈가방을 내밀어 보여줬다. 그 덕분일까? 사람들은 내 주먹과 현찰을 번갈아 본 뒤 나를 신뢰하기 시작했다.

"괴물 사냥은 매우 위험하지만, 그렇다고 가만있으면 우린 다 죽는다. 내가 괴물을 죽이는 것을 돕는다면, 이 현찰을 너희에게 나눠 주겠다. 나와 함께하겠나?"

사냥 팀은 내 지휘를 따르기로 맹세했다.

"맹세는 선불리 하는 게 아니다. 정말로 목숨을 걸겠다고 맹세할 수 있나?"

나는 재차 다짐을 요구했고, 그들은 목숨을 걸겠다고 거듭 맹세했다.

"괴물을!"

"죽이자!"

자기들끼리 구호까지 외치고 난리가 났다. 별 구속력은 없겠지만, 나는 직업적 습관에 따라 스마트폰으로 그들의 외침을 녹음했다.

각오를 확인한 나는 승무원에게 가서 각 층 CCTV 현황과 변동 사항 여부를 물었다. 앞서 들었던 것과 별 차이가 없었다. 1층부터 3층까지의 CCTV가 거의 다 파괴됐고, 2층에 작동 중인 CCTV가 딱 하나 있다는 것. 그리고 그 하나 남은 CCTV가 달린 2층 컨테이너형 사무실에 사람들이 인질처럼 앉아 있다는 사실만이 새로운 정보였다.

'미끼다.'

괴물은 우리가 CCTV로 상황을 파악하려 한다는 걸 당연히 알고 있었다. 그래서 감염되지 않은 상태의 인질을 구하러 오도록 일부 남겨둔 것이겠지. 괴물은 준비를 끝낸 모양이니, 우리도 더 이상 시간을 끌 수 없다.

"가자."

나는 승무원에게 턱짓해서 셔터를 열게 했다. 셔터는 아주 느릿느릿 열렸고, 곧 훅 풍겨오는 피 냄새에 우리는 모두 신음성을 내뱉었다. 잠깐 보지 않은 사이, 계단과 벽과 천장은 피와 내장으로 장식되어 있었다.

괴물은 조금 전까지 이곳에 있었다. 아주 조용하고 집요하게, 우리가 셔터를 열 때 받을 심리적 충격을 기대하며 피와 내장으로 장식해둔 것이다. 더 나아가, 첫 습격 때 괴물이 우리를 많이 봐줬다는 것도 알 수 있었다. 괴물의 손톱은 살과 근육뿐만 아니라, 뼈를 끊고 내장을 끄집어낼 정도로 강하고 유연했다. 즉, 4층으로 도망친 사람들은 운이 좋은 게 아니었고, 괴물이 일부러 감염될 정도로만 부상을 입히고 도망가게 두었다는 사실을 재차 확인할 수 있었다.

"안 미끄러지게 조심해라."

나는 앞장서서 축축하고 물컹거리는 피와 내장으로 가득한 계단을 걸어 내려갔다. 계단을 다 내려와서 뒤돌아봤더니, 아무도 따라 내려오지 않은 채였다.

"장난하냐? 빨리 내려와."

하지만 그들은 꼼짝하지 않았다. 나는 그들에게 방금 했던 맹세를 기억 못 하느냐고 다그쳤다. 그래도 그들은 겁에 질려 꼼짝하지 않았다. 이런 놈들을 억지로 끌고 다닐 수도 없는 일이었다. 한참 만에 딱 한 명만 계단을 내려왔다. 하지만 도살장에 끌려가는 듯한 모습이라 됐다고, 너도 물러나라고 했다.

"다들 셔터 앞에 대기하고 있어. 셔터는 닫지 말고 일단 열어둬."

운 좋게 내가 인질들을 구조하는 경우, 인질들 먼저 4층으로 도망치게 해야 했다. 그때는 그들이 도움이 될 터였다.

나는 그들이 알았다는 대답이라도 크게 할 줄 알았다. 결과는 정반대였다. 내 말이 끝나자마자 한 놈이 셔터 닫힘 버튼을 눌렀다. 기가 막혔다. 셔터 내려오는 속도는 느렸고, 나는 뛰지 않아도 셔터가 닫히기 전에 다시 4층으로 갈 수 있었다. 그리고 저 배신자들에게 대가를 치르게 할 수도 있다. 그 사실을 저들도 안다. 그런데도 묵묵히, 느릿느릿 셔터를 내려서 배신하는 것을 택했다. 한참 뒤 셔터가 완전히 닫혔고, 잠그는 소리가 났다.

'부상자들이 감염자라는 걸 말하지 않길 잘했군.'

선불리 말했다면, 내가 사냥을 나간 동안 저들은 감염자들을 죽이거나 바다로 던지느라 바빴을 것이다. 씁쓸한 기분으로 나는 혼자 괴물 사냥에 나섰다.

*

죽으러 가는 길이라는 확신이 들었다. 나는 강화 인간이니까 남들보다 면역력이 좀 더 좋긴 하겠지만, 싸우다 작은 상처만 입어도 생존을 장담할 수 없다. 이러다가는 우울해질 것 같아서, 나는 내 행위에 의미를 부여했다.

'어쩌면 내가 하는 일이 인류를 구하는 일일지도 모르잖나. 해내면 인류의 영웅이 되는 거야.'

전혀 와닿지 않았다. 더 현실적인 생각이 필요했다.

'괴물은 강하지만, 내게도 뾰족한 독침 한 방은 있다. 한 방만 먹이면 성공이다.'

그렇게 생각하자 조금은 속이 편해졌다. 물론 여전히 괴물은 일격에 내 목을 날릴 수 있지만, 괴물은 내가 지닌 주사기의 존재를 모른다. 주사기 자체의 위력도 중요하지만, 괴물이 모르는 주사기라는 것. 이 작은 정보 우위에 승산이 있다.

그리고 괴물이 저 멀리서 나타났다. 3층 중앙 복도 끝에서, 머리통만 불쑥 내민 것이다. 2.5미터짜리 괴물의 머리는 천장에 닿을 듯했고, 괴물은 하나뿐인 눈으로 나를 원망하듯 노려보고 있었다.

나는 괴물에게 말했다.

"협상하자."

지성이 있다면 대화가 가능할 것이다. 그리고 방심시킬 수도 있을 것이다. 괴물은 모퉁이에서 느릿하게 전신을 드러냈다. 드러난 괴물의 손에는 휴게실에서 떼어낸 듯한 화이트보드가 들려 있었고, 괴물은 모습을 드러내는 움직임 그대로 화이트보드를 내게 던졌다. 화이트보드는 하얗고 넓적한 표창이 되어 빠르게 날아왔다.

나는 대형 냄비 뚜껑 방패로 간신히 막아낸 뒤, 괴물의 돌격에 대비했다. 하지만 이어서 날아든 것은 묵직한 돌격이 아니라, 작고 가느다란 무언가였다. 틱, 하는 소리와 함께 그것은 내 대형 냄비 뚜껑 방패를 낚아챘고, 나는 넘어진 채 끌려갔다.

한참 끌려가고 나서야 낚싯바늘에 당했다는 걸 깨달았다. 관광객 중 누군가가 버리고 간 낚싯대를 괴물은 알뜰하게 활용했다. 끌려가던 나는 연결된 낚싯줄을 나이프로 끊었다. 황급히 일어났을 때, 괴물은 네발로 나에게 뛰어왔다. 두 발로 뛸 때보다 훨씬 빨랐다. 뒤로 빠질 수도, 정면으로 맞설 수도 없는 상황이었다.

나는 몸을 옆으로 굴려서, 다인실치곤 작은 6인실 객실로 들어갔다. 객실 내부에는 몇 구의 시체가 있었다. 괴물은 순식간에 나를 쫓아 들이왔다. 나는 허리가 끊어진 시체의 상반신을 걷어차서 괴물에게 날렸다. 괴물은 양손을 모아 세로로 휘둘러서 시체의 상반신을 반으로 토막 냈다. 그 틈에 나는 나이프를 던져서 괴물의 멀쩡한 눈을 노렸다. 괴물은 두 손가락으로 나이프를 받아냈다. 그리고 보란 듯이 꽉 쥐더니 엄지로 옆면을 눌러 부러뜨렸다. 기가 막혔다.

괴물은 내게 손톱 공격을 가했고, 나는 대형 냄비 뚜껑 방패로 간신히 막았다. 하지만 아까 낚싯바늘에 당했던 탓인지, 방패 끈이 끊어져버렸다. 방패 잃은 나를 본 괴물은 크게 기뻐하며 여유를 부렸다. 나를 검지로 가리키며 낄낄 웃는 포즈를 취한 것이다. 내게는 천운이었다. 괴물이 악의 가득한 성격을 지녔다는 게. 괴물이 나를 놀리는 2초 동안, 나는 최후의 수단으로 준비한 화염병을 꺼내 불을 붙였다. 그리고 던질 듯 위협했지만, 예상과 달리 괴물은 전혀 위축되지 않았다. 괴물은 딱 반걸음 뒤로 물러난 뒤, 객실 바닥의 하반신만 남은 시체를 가볍게 걷어찼다. 낮은 궤도로 날아온 시체 다리가 내 발목을 쳤고, 나는 비틀거렸다. 이대로 화염병을 들고 넘어져서 나 혼자 불을 뒤집어쓸 지경이 됐다.

나는 옆으로 넘어지면서 괴물의 머리를 향해 화염병을 던졌다. 조준은 생각보다 괜찮았다. 하지만 괴물은 고개를 옆으로 기울여 피했고, 빗나간 화염병은 객실 입구 쪽 천장에서 터졌다. 나는 쓰러졌다.

최후의 수단마저 빗나간 걸 확인한 괴물은 나를 향해 입을 쩍 벌리며 다가왔다. 그 순간, 화재경보가 울렸다. 빗나간 화염병이 천장의 화재감지기 근처에서 터진 덕분이다. 3층 전체에 스프링클러가 작동됐다. 귀를 찢는 시끄러운 경고음과 함께 물이 뿌려졌다.

괴물은 기겁하는 소리를 내며 복도로 뛰쳐나갔다.

“키익!”

나는 눈을 껌뻑이며 상황을 파악했다.

‘괴물의 약점은 어쩌면 차가움일지도 모른다.’

고릴라가 보낸 문자메시지 중에 이런 내용이 있었다. 고온 환경 속에서도 사람이 살 수 있도록 개조하려는 목적으로 바이러스를 만든 거라고.

‘그래, 부작용 없는 강화는 없는 법이지. 괴물이 고온 환경에 강해진다면, 반대로 갑작스러운 차가움에는 더 취약해지는 것 아닐까?’

일어나서 복도 밖으로 뛰쳐나가 보니, 괴물은 계단 아래로 도망치고 있었다. 찬물을 뒤집어써서 느려진 것이 분명했다. 차가움이 괴물의 약점이다. 나는 괴물의 발소리를 쫓았다. 예상대로 괴물은 2층 화물칸 한편에 위치한 컨테이너 사무실로 도망쳤다. 인질을 가둬둔 그곳에는 스프링클러가 없었다.

괴물은 겁에 질려 있는 인질 중 한 명을 아무나 고른 뒤, 머리 위로 들어 올린 채 통째로 찢었다. 그리고 인질의 더운 피와 내장을 몸에 뒤집어쓰고 부르르 떨었다. 인질들은 소리 죽여 울면서 다음 희생자가 자신이 아니길 빌었고, 괴물은 체온이 회복되었다는 듯이 몸을 푸는 모습을 보였다. 하지만 나는 그게 허세라는 걸 알았다. 만약 괴물의 체온과 속력이 전부 회복됐다면, 사무실 안에서 회복된 몸 상태를 과시하는 대신 뛰쳐나와 나를 바로 죽였을 테니까.

“나와, 이 괴물 새끼야!”

내가 유리창을 퉁퉁 두드리자, 괴물은 화물칸 관리용 컴퓨터의 모니터를 들어서 창문에 가져다 댔다. 그러고서는 한 손으로 키보드를 두들겨 타자를 치기 시작했다.

[넌 누구냐.]

역시 말은 못 해도 의사소통이 가능했다.

“널 죽이러 온 사람이다.”

[왜 날 죽이려 하냐?]

“그게 내가 받은 의뢰니까.”

[요원인가? 어디 소속인가.]

“희망사 출신. 지금은 프리랜서야.”

아마도 그렇지 않을까? 희망사가 내 사표를 수리했는지는 모르겠지만. 괴물은 나를 가만히 보다가 이렇게 적었다.

[포기해라. 내가 이겼다. 시간은 내 편이다.]

나도 그렇게 생각했다. 시간을 끌면 감염자들은 괴물로 변한다. 구조대가 와도, 감염을 통제하지 못하고 역으로 당할 가능성이 높다. 알파는 찬물을 뒤집어쓰고 일시적으로 약해졌지만, 그것도 곧 회복될 것이다. 시간은 괴물의 편이 맞다.

내 강화된 몸은, 자신감과 조바심을 모두 내비치며 충동질해댔다. 당장 사무실 문을 부수거나 창문을 깨서 들어가라고. 그리고 정면에서 주사기를 찌르라고. 지금이라면 성공률이 오십 퍼센트쯤은 될 것이고, 그 방법이 최선이라고.

하지만 내 두뇌는 오십 퍼센트짜리 도박을 해서는 안 된다고, 그러면 다 죽는다고 외쳤다. 참 생소한 경험이었다. 보통 더 과감한 목소리를 내는 건 몸이 아니라 두뇌였는데, 내 강화된 몸은 두뇌의 가르침에 반발하며 역으로 가르쳤다.

'강화된 몸은 보통 인간보다 빠르고 강해. 딱 한 방만 찌르면 성공인데 뭘 망설이는 거야?'

'그래서는 성공 확률이 오십 퍼센트야.'

'알아, 오십 퍼센트면 해볼 만하잖아?'

'내 인생을 걸기에는 괜찮아 보이는 확률이지.'

'그럼 해야지!'

'하지만 이 상황은 내 인생만 걸린 게 아냐. 내가 여기서 실

패하면 다른 사람들도 다 죽어. 그걸 고려하면 오십 퍼센트짜리 도박은 할 수 없어.'

'지금 상황에서 그것들을 왜 신경 써? 그것들은 이미 죽거나, 감염됐거나, 인질이 되거나, 비겁하게 숨은 자들이야. 실제로 목숨 거는 건 너 하나뿐이고. 네가 이 도박에 실패해도 그들은 너에게 욕할 자격이 없어. 너 자신에게만 집중해.'

'그럴 수는 없지.'

'왜?'

'사람이니까.'

'설마 모든 사람은 다 소중해요, 이딴 생각 중이야? 이 상황에서?'

'그런 의미가 아니야. 사람은 혼자 사는 게 아니라는 걸 말하려는 거야. 강화 인간인 나 혼자 상황을 다 뚫고 온 것 같지만, 내가 이곳에 있기까지는 다른 사람들이 제공한 물질과 도움이 있었어.'

강화 인간 시술, 환경 수호 깃발, 화염병, 냄비 뚜껑, 스프링클러, 셔터……. 이 중 내가 만든 건 하나도 없다. 다 남들이 만들고 제공한 것들이다. 그것들을 적극적으로 활용하고 싸운 건 물론 내 능력과 의지였지만, 그걸 현실에 구현하는 과정까지 오롯이 나 혼자만의 것은 아니었다.

'그러니 모두의 생명을 걸고 오십 퍼센트짜리 도박을 하진 않겠어. 내 몸과 두뇌의 능력을 총동원해서 승률을 일 퍼센트라도 더 높인 뒤에 도전하겠어! 배짱을 보이고 기회를 기다린 뒤 더 높은 확률로 승리를 거두는 것, 이게 진정한 과감함 아닐까?'

과감한 두뇌가 말했고, 강화된 몸은 납득했다.

긴 시간 동안 내면의 대화를 나눈 것 같지만, 실제 시간은 4초 남짓 지났다. 조금 전 가속된 사고 능력은, 강화 인간의 두뇌 변이 부작용이 주는 새로운 장점일까. 나를 위아래로 관찰하던 괴물은 추가로 타자를 쳤다. 어이없는 내용이었다.

[나는 인류를 구원할 것이다.]

"뭔 개소리야?"

[어차피 인류는 자원 고갈과 환경오염을 견디지 못하고 멸망한다. 인류 전체를, 하다못해 절반 정도는 감염시켜야 한다. 강제로라도 나와 같은 모습으로 적응시켜야 한다. 내가 그렇게 할 것이다. 너희를 다 감염시킨 뒤, 여객선 엔진을 다시 가동할 것이다. 그리고 내륙으로 들어가 인류를 최대한 많이 감염시킬 것이다.]

"미친놈, 군대는 뭐 허수아비냐? 네 말처럼 대대적인 감염이 일어나면……."

[나와 동족들은 학살당하겠지. 감염자와 구인류 간의 전면전이 발생하면 우리 쪽이 전멸당할 가능성이 높다는 것도 알

고 있다. 하지만 그건 그것대로 좋다. 의미 있는 인구수 감소 효과는 일어날 테니까.]

나는 괴물의 말을 한 박자 늦게 이해했다.

“그렇게 해서라도 인구수를 절반 이하로 줄이면 된다는 건가?”

[그렇다. 나는 모두를 감염시켜 신인류로 만드는 게 최선의 길이라고 생각하지만, 그렇게 하지 못하더라도 최대한 인구수를 줄일 수 있다면 절반은 성공이라 생각한다. 인구수가 급감하면 환경오염으로부터 멸종하기까지 여유 시간을 벌 수 있을 테니까.]

광신도의 사상이다. 이겨도 구원, 져도 구원이라는 식의 사상. 어질어질한 개소리긴 했지만, 괴물이 한 가지 중대한 지점을 짚긴 했다. 눈앞의 괴물보다 더 무서운 현실, 그것은…….

“그래, 자원 고갈과 환경오염은 동시에 일어나고, 서로 상승효과를 일으켜왔지.”

문명의 시대 이래로, 특히 산업혁명 이후로 순수하게 환경만 오염되거나 자원만 고갈되는 경우는 드물었다. 거의 동시에 발생해왔다. 환경오염의 근본적인 원인은 사람의 무분별한 자원 개발과 낭비일 수밖에 없기 때문이다. 동, 철, 금, 석탄, 석유, 우라늄, 리튬, 코발트……. 문명이 발달할수록 더 다양한 자원을 더 많이 채굴해야만 했다.

인구수가 늘고 인권, 문화, 과학 수준이 발달할수록, 자원이 더 빠르게 낭비되고 환경오염이 가속화된다는 것은 참 얄궂은 저주다. 이 쌍끌이 위기를 극복하지 못하고 문명이 멸망할 가능성은 비전문가인 내가 딱 잘라 몇 퍼센트라고 말하긴 어렵다. 다만 종종 겁이 덜컥 날 때가 있다. 이렇게까지 자원을 막 써도 되는 건가, 나중에 뒷감당은 누가 하나, 하면서. 하지만…….

"네 주장에는 두 가지 문제가 있어."

[뭔데?]

"첫째로, 그걸 왜 네가 정하냐? 왜 남들 동의도 구하지 않고, 인류를 괴물로 변화시키려고 하지?"

[나에게 그러고자 하는 능력과 신념이 있기 때문이다. 괴물로의 변화가 아니라 신인류로의 변화라고 이해해주면 좋겠군.]

"능력과 신념만 있으면 강제로 남들 인생을 변화시켜도 된다고?"

[모든 급격한 변혁은 기존 계층의 반발을 산다. 일일이 동의를 구하려면 늦어.]

전형적인 급진주의자의 논리였다. 나는 쓴웃음을 지으며 두 번째 문제를 말했다.

"둘째로, 멸망을 피하자고 지금껏 만든 문명을 전부 거부하고 모조리 괴물이 될 수는 없다는 것. 생존을 위해 기존 문명을 버리는 건 네가 생각해도 너무 급진적이지 않나?"

[그건 아직 네가 사람의 관점에 갇혀 있기 때문이다. 모두가 내게 감염되어 변화하면 고온의 기후에 적응할 수 있고, 질병에 감염되지 않으며, 훨씬 적게 먹어도 살 수 있다. 알파인 내 명령에 모두가 절대 복종하니 평화롭고 조화롭게 살 수 있게 된다. 그렇게만 되어도 경제, 법률, 과학 따위는 불필요해진다. 지금의 그 알량한 문명에 애정을 느낄 이유가 뭐란 말인가?]

"틀렸어. 우리가 문명을 발달시킨 이유가 더 나은 생존 가능성을 확충하기 위한 것이기는 하지만, 오직 그것만은 아니거든? 너는 생존의 문제에만 사로잡혀서, 사람의 삶을 구성하는 나머지 중요한 것들을 간과하고 있는 것 같군. 사람이 오직 생존만을 추구하며 과격한 짓을 일삼으면 괴물이 될 뿐이지. 내가 볼 때는 너야말로 괴물의 관점에 사로잡혀서 이 지랄을 하는 것 같군."

나는 속이 바짝바짝 탔지만, 일부러 더 느긋하게 괴물의 주장을 논파했다. 괴물의 속내는 거의 다 확인했다. 이제는 도발해야 한다.

"네 주장은 새로울 게 없어. 인류가 문제의 원인이니 인류의 절반을 괴물로 만들어 극복하자는 식인데, 왜 그리 귀찮은 짓을 하냐? 네 논리대로라면 인류의 절반을 괴물로 만들지 말고 절반을 즉각 죽이는 게 더 합리적일 텐데? 즉각 살상하는 바이러스를 만들지 않고, 굳이 알파, 베타, 감마를 만들어 전염, 지배되는 체계의 바이러스를 만든 본심이 뭐냐? 너, 괴물들의 대장 놀이라도 하고 싶었던 거 아냐? 세상으로부터 이해받지 못하는 사상범일수록 은근히 요상한 권력 놀음에 집착하고 그러던데……."

내 말을 듣자 괴물이 발끈했다. 타자 치는 손가락 움직임이 몇 배나 빨라졌다.

"손가락 멈춰라. 어차피 보지 않을 거니까."

반론 기회가 끊긴 괴물은 주먹으로 책상을 쾅 쳤고, 괴물의 인간적인 모습을 본 나는 히죽 웃었다. 확신이 생겼다.

"시간이 없는데도 너랑 논쟁을 벌인 이유가 뭔지 알아? 네 본심이 뭔지 확실히 확인하기 위해서였어."

괴물이 나를 바라보았다.

"네가 1층 기관실에서 여객선의 엔진을 멈췄을 때, 한 가지 꼭 확인하고 싶은 게 있었지. 네가 여객선의 엔진을 완전히 파괴한 것인지, 아니면 정지만 시킨 것인지. 둘 중 어느 쪽이냐에 따라 네 본심이 어느 쪽인지, 네 정체가 뭔지 갈리는 거였다."

씩씩거리는 괴물과 달리, 나는 일부러 느긋하게 말을 이었다. 일종의 심리 싸움이었다.

"너는 엔진을 파괴하지 않고 정지만 시킨 걸 방금 대화에서 분명히 밝혔다. 모두가 괴물로 변하면 다시 엔진을 작동시켜 항구로 돌아간 뒤, 세상을 감염시키고 지배하고자 했지. 다시 말해, 너는 이 여객선에 틀어박혀 죽고 싶은 마음이 없다는 거다. 죽든 살든 상관없이 날뛰는 괴물이 아니라, 괴물의 몸뚱이를 지닌 사상범이자 테러범이 네 진짜 정체성이라는 것. 그게 지금까지의 대화로 확인됐다."

나는 스마트폰을 들어 보였다.

"이제부터 나는 1층으로 내려가 여객선의 엔진을 완전히 파괴할 거다. 그리고 내 의뢰인에게 설득해서, 군사력을 동원해 배를 폭침시키라고 제안할 거다."

[허세 부리지 마라.]

"허세처럼 보이나?"

[그렇게 하면 너희도 다 죽는다. 네가 그런 선택을 할 리가 없지.]

"괴물로 살 바에는 사람으로 죽는 게 낫지. 안 그래?"

나는 마지막 남은 화염병에 불을 붙여서, 2층 천장에 던졌다. 2층 화물칸의 스프링클러가 작동했다.

"내 주장이 허세인지 아닌지 확인하려면 나를 따라와야 할 거다. 근데 차가움이 약점인 네가 따라올 수 있을까?"

나는 그렇게 말한 뒤 뒤돌아서 계단으로 향했다. 괴물이 나오는 기색이 느껴졌지만, 차가운 물 때문에 조금은 느려질 터였다.

그 틈에 나는 1층에 내려갈 수 있었다. 1층은 전체가 지독하게 시끄러운 기관실이었다. 복층 구조여서 그런지 생각보다 더 넓었다.

'지금부터는 도박이 아니라 도전이다.'

눈이 돌아갈 정도로 많은 배관과 거대한 장치 사이에 몸을 숨겼다.

*

괴물은 화가 났다. 방금 저 인간이 한 말이 모두 허세라고 생각했다. 그의 말대로라면, 그냥 처음부터 엔진을 파괴하러 떠났으면 된다. 굳이 도발한 뒤 계획을 일일이 털어놓는 것은 모순적인 행동이다.

즉, 그의 행동은 허세이며, 괴물인 자신을 죽이기 위해 유인하는 행동이라고 봐야 한다.

하지만 엔진의 완전 파괴 선언이 허세일 가능성이 높아도 가만있을 수는 없었다. 만에 하나의 가능성에 휘둘리고 있다는 사실 때문에 괴물은 계속 화가 났다.

괴물은 1층 기관실에 도착하자마자 포효했다.

"캬아아악!"

오감이 발달한 괴물에게 이곳은 괴로운 장소였다. 기관사들이 근무 중에 귀마개를 착용할 정도로 기관실은 시끄럽고 소리가 울렸다. 그리고 정화 장치 문제인지 저급유 냄새가 유난히 진했기에, 후각이 마비될 지경이었다. 괴물은 그가 자신을 이곳으로 유인한 이유를 알 것 같았다. 괴물의 청각과 후각 기능을 마비시켜, 자신의 승률을 높이기 위함이리라. 그때, 유압펌프 쪽에서 여러 사람의 목소리가 들려왔다.

"괴물을!"

"죽이자!"

성난 사람들의 구호가 기관실 소음을 뚫고 울려 퍼졌다. 괴물이 놀라서 반대편으로 펄쩍 뛰었다. 매복 공격에 대비했지만, 그곳에 적들은 없었다. 그곳에는 그 남자가 두고 간 스마트폰이 있었다. 타이머를 맞춰두고, 때가 되면 녹음 파일이 가장 큰 소리로 재생되도록 세팅해둔 것이었다.

그런 괴물의 등을 향해, 터닝기어 너머에서 무언가가 덮쳐왔다. 괴물은 크게 회전하며 적을 향해 손날을 휘둘렀다. 하지만 그것은 괴물의 예상과 달리 사람이 아니라 가방이었다. 손톱이 가방을 찢었고, 그 안에서 돈다발이 쏟아져 나왔다. 돈다발은 괴물의 시야를 가렸다. 괴물은 전방을 향해 미친 듯이 손톱을 휘둘러댔지만, 그 너머에는 아무도 없었다. 그 직후, 괴물의 반격 타이밍을 읽기라도 한 것처럼 묵직한 무언가가 포물

선을 그리며 날아왔다.

괴물은 그 묵직한 공격을 피하지 못했다. 어깨에 충돌한 것은 보조용 냉매 실린더였다. 가스통 형태인 보조용 냉매 실린더는, 밸브가 열린 채였다. 괴물은 오존층을 파괴한다는 싸구려 냉매를 뒤집어썼다.

냉기 때문에 괴물의 신체 능력은 크게 하락했다. 괴물은 일단 도망쳐서 회복해야겠다고 판단했다. 그리고 그 판단의 찰나를 노리듯, 그 남자가 달려들었다. 그가 쌓아 올린 도발, 유인, 함정 하나하나가 승률을 미세하게나마 끌어올렸다. 그는 자신이 쌓아 올린 노력을 믿었다.

주사기가 괴물의 몸에 꽂혔다. 죽기 직전의 괴물은 본능대로 손톱을 휘둘렀다. 그의 목이 깊게 찢어졌다.

에필로그

3일 뒤. 나는 어느 병원 특실에서 눈을 떴다. 목소리가 간신히 나왔다. 의사는 내게 와서 치료는 잘 진행 중이며 감염되지 않았다는 것을 알려줬다. 다만 내가 있는 병원이 무슨 병원인지, 나를 언제 풀어줄 것인지는 대답해주지 않았다.

치료가 끝날 무렵, 나를 고용했던 고릴라가 나타났다. 저번과는 달리 지금은 아주 비싼 정장 차림에, 헤어스타일링까지 받고 온 모습이었다. 옷깃에는 배지가 달려 있었다. 내가 속해 있던 희망사의 배지였다.

내가 먼저 질문했다.

“내장을 토한 여객선 사람들은 어떻게 됐나?”

“다 죽었지.”

억울했다. 내가 목숨 걸고 알파를 죽인 이유는 감염자들이 다 해방되길 바랐기 때문이었다.

"맞아. 알파가 죽었으니, 베타 감염자들의 몸에서도 바이러스는 모두 사라졌어. 하지만 감염되고 5분에서 20분쯤 지나면 무조건 내장을 토하지. 이미 내장을 토한 사람은 살아남을 수 없어."

당연한 이야기라 더 억울했다. 맞다. 사람은 내장이 없으면 죽는다. 즉, 감염자 모두를 확실히 살리려면 5분 이내에, 내장을 토하기 전에 알파를 죽여야만 했다.

"바이러스 섞인 괴물의 피는 주사기에 잘 담겨 있었나?"

"아, 잘 담겨 있었지."

나는 기관실 바닥에 쓰러진 채 발견됐다고 한다. 왼손으로 찢어진 목을 감싸고, 오른손에 주사기를 쥔 모습으로. 강화 인간의 생명력이 아니었다면 발견되기 전에 죽었으리라.

"3일 전에 백신 및 치료제 연구에 착수했고, 오늘 프로토타입이 완성될 거다. 비밀 연구소는 입에 거품을 물겠지. 다 네 덕분이다."

고릴라는 자신이 비밀 연구소 소속이 아니라는 걸 밝혔다.

나는 질문했다.

"너는 누구지?"

"나도 너처럼 요원이야."

"어느 기업?"

"너와 같은 기업. 희망사."

"비밀 연구소가 아니고?"

고릴라는 고개를 가로저으며 진실을 말해줬다.

"처음에 내가 비밀 연구소의 관리자라고 거짓말했던 부분은 사과하지. 하지만 내가 말한 거짓말은 딱 거기까지야. 나머지는 전부 사실이다."

우리가 표적이라 지칭한, 위험한 사상을 지닌 연구원이 비밀 연구소에 불을 지르고 바이러스를 챙겨서 도망친 것은 틀림없는 사실이었다. 그리고 희망사는 자체 첩보망을 통해 비밀 연구소보다 먼저 정보를 얻었다. 바이러스를 지닌 표적이 인천항 국제여객터미널에 도착하는 일은 반드시 막아야만 했다.

"그리고 출발지인 청도항 여객터미널 근처 뒷골목에는 네가 살고 있었지."

역시 희망사는 내가 중국 청도항 여객터미널 근처에 살고 있다는 것을 알고 있었다. 이 일을 소개해준 동네 양아치 동철이도 아마 희망사의 요원이었을 것이다. 나를 관찰하고, 돌발 행동하지 못하게 감시하는 역할. 나는 1년간 잘 숨었다고 믿었지만, 사실은 희망사의 손바닥 위에서 우스꽝스럽게 놀아난 꼴이 됐다.

"우리는 겸사겸사 두 가지 일을 동시에 처리하기로 했어. 첫째, 바이러스 차단. 둘째, 자네를 테스트하는 일."

"겸사겸사? 수백 명이 괴물과 함께 여객선에 갇혔는데 겸사겸사? 그게 말이 돼?"

"이렇게 말하니 나쁜 놈 같나?"

나는 잠시 생각해봤다. 겸사겸사 진행된 테스트 도중 많은 사람이 죽었다. 하지만 바이러스를 만들거나 유출한 건 희망사가 아니다. 본심이야 어떻건, 나를 시켜서 최악의 사태를 막으려 했다. 희망사는 예나 지금이나 회색이었다.

"겸사겸사 나를 테스트했다면, 그 테스트 결과는? 이제 나는 어떻게 되는 거지? 죽는 건가?"

"지레 비관하진 말라고."

고릴라가 실실 웃으며 말했다.

"너는 테스트를 통과했어. 아주 잘해줬으니까."

"괴물로부터 살아남았으니 통과라는 건가?"

고릴라는 대답 대신, 역으로 내게 질문했다.

"혹시 이상하게 생각해본 적 없나? 강화 인간이라면서 왜 이렇게 어중간하게 강해지는 건지. 왜 부작용이 몸이 아니라 정신 쪽에 발생하는 건지. 그리고 우리 회사가 왜 배신자인 너를 1년 넘게 그냥 놔두고 관찰한 건지."

늘 이상하게 생각하긴 했다.

"진실은 이거야. 강화 인간 시술은 애초에 몸이 아니라, 정신을 강화시키는 것이 최종 목표인 시술이었다. 지나친 과감함과 냉철한 결단력은 부작용이 아니라, 시술이 추구한 최종 목표였어. 그리고 관찰 결과, 너는 앞서 말한 부작용들을 선택적으로, 고효율로 발휘할 수 있었지."

고릴라는 줄줄 설명하더니, 내가 대견하다는 듯이 말했다.

"그리고 너는 마지막 테스트에서 해냈어. 영웅의 자질을 충분히 보였다. 그게 자랑스럽다."

고릴라의 말과 표정만 놓고 보면 내가 꼭 개선한 영웅이라도 된 것 같았다.

"내가?"

"이해를 못 하네? 너는 영웅 맞아."

최대 다수의 생명을 우선시하되, 꼭 필요한 경우 자신 또한 희생시킬 줄 아는 자.

무력 사용에 거리낌이 없지만, 이성적인 대화를 우선 시도하는 자.

괴물에 맞서서 인류를 수호하는 자.

"네가 바로 우리가 기대한 영웅의 모습, 바로 그 자체야. 축하하네!"

결국 강화 인간 시술 프로젝트의 목적은 말단 요원의 몸을 강화시키는 게 아니라, 영웅에 걸맞은 정신을 만드는 프로젝트였다는 셈이다. 고릴라가 말한 테스트 통과란, 요원의 입장에 머무르지 말고 영웅으로 거듭날 수 있는지의 여부를 따지는 테스트에서 통과했다는 거다.

'하긴, 괴물을 무찌르는 것보다 더 확실한 영웅 테스트가 있겠느냐마는.'

"이제 내가 뭘 어쩌길 바라지?"

"새 요원증 받게."

재발급된 요원증을 보니 감회가 새로웠다.

"특급 요원이라……."

소문으로 들은 적이 있다. 무제한의 권한을 지니고, 필요하다면 기업 전체 자원마저 활용할 수 있는 요원에 대해서.

"다시 정리하지. 세상은 점점 안 좋아지고 있어. 사회적으로만 그런 게 아니라 자연적으로도. 온난화가 인간의 폭력성과 자살률을 증가시킨다는 건 통계적으로 입증된 지 오래지. 국가 및 기업 간 자원 쟁탈전은 점차 가속화될 거고, 돈이 있어도 자원을 얻지 못하고 총탄으로만 얻게 되는 시대가 올 수도 있어. 우리는 이 개같은 상황을 헤쳐나갈 구심점이 필요해. 그런 존재를 뭐라고 할까?"

영웅. 난세에는 영웅이 필요하다.

"그런 영웅을 인위적으로 만드는 건 불가능하지. 아니, 과거에는 불가능했지. 하지만 이번 테스트에서 너는 성공했어."

영웅 하나가 세상을 바꾸진 못한다. 하지만 희망의 구심점이 될 수는 있다.

"이번 괴물 사태는 시작일 뿐이야. 세상은 점점 더 미쳐 돌아갈 거다. 소설 속에나 나올 법한 재난과 사건이 넘쳐나게 될 거야. 세상에는 균형이 필요해. 그러니, 소설 속에 나올 법한 영웅이 없다면 무슨 희망이 있겠나?"

나는 고릴라의 설득에 넘어갔다.

"나는 딱히 영웅이 되고 싶다는 욕망은 없어. 하지만 너희의 정신 나간 주장에 동조해주지."

"영웅이 되고 싶지 않은데도 그 책무를 맡겠다는 건가? 왜지? 책임감 때문인가?"

"세계적인 규모의 위기 해결에는 별 관심이 없어. 다만 이 미친 회사에서 현실적으로 나 말고 영웅 노릇을 제대로 할 사람이 없는 것 같군. 그러니 내가 그 역할을 맡지."

고릴라는 히죽거리며 웃었다.

"전형적인 영웅주의자가 할 법한 소리군."

"닥쳐."

결국 나는 희망사의 요원으로 복직했다.

괴물과 절망과 난세의 적이 되기 위해서.

김선민

만화경萬華鏡의 세계

김선민

청강문화산업대학교 웹소설창작전공 교수, 괴담, 호러, 전문 레이블 괴이학회를 운명하며, 다양한 장르 앤솔러지를 기획, 공저했다. 웹소설 「용살자의 클래스가 다른 회귀」 「괴존강림」 등을 연재했다.

"손님, 여권과 티켓을 보여주시겠습니까?"

순간 남자는 정신이 번쩍 들었다. 자신이 방금까지 무슨 생각을 하고 있었는지도 깜깜했다. 남자는 자신의 품을 뒤져서 여권과 크루즈 티켓을 찾았다. 한참 동안 주머니를 뒤적이다가 옆에 둔 가방 안에서 겨우 티켓을 끼워둔 여권을 찾을 수 있었다. 승무원이 티켓과 여권을 확인한 뒤 웃으며 말했다.

"확인했습니다. 즐거운 여행 되세요."

남자는 승무원에게 티켓과 여권을 돌려받은 뒤 크루즈에 승선했다. 스타 아틀라스, 싱가포르에서 출발해 피렌체와 서유럽을 도는 11박 코스의 크루즈 여행이었다. 남자는 자신의 객실을 찾는 와중에도 여전히 정신이 멍했다. 사실 그럴 만한 이유가 있었다. 남자는 8년 동안의 결혼 생활을 끝내고 아내와 이혼했으며, 10년 간 다녔던 직장을 그만둔 뒤 이 크루즈 여행에 온 것이었기 때문이다.

사실은 남자 혼자서가 아닌 아내와 함께 왔어야 하는 여행이었다. 하지만 아내는 이미 그를 떠나 남이 되었고, 남자는 혼자가 되었다. 자신의 인생이 너무 빨리 예상치 못한 궤도로 움직여버린 바람에, 남자는 몇 주 동안 마치 다른 사람의 몸속에 들어온 것 같은 기묘한 기분으로 살아야 했다. 그 과정에서 남자는 충동적으로 직장을 그만뒀다. 그리고 집에 와서 아무것도 하지 않은 채 멍하니 소파에 앉아만 있었다. 그러다가 우연찮게 아내와 함께 가기 위해 예약했던 크루즈 여행의 확인 문자메시지가 떠올라, 역시나 충동적으로 혼자서 가방 하나만 들고 이곳에 온 것이다. 엄밀히 말하면 남자 스스로 이곳에 왔다기보다는 어긋난 궤도가 남자를 이곳으로 떠밀었다는 감각이 더 가까울 것 같았다.

어쨌든 남자는 객실을 찾아 문을 열고 안으로 들어갔다. 돈을 들여 VIP 객실을 구했더니 방도 넓었고 발코니도 있어서 전망이 좋았다. 남자는 가방을 내려두고 침대 위에 앉았다. 집에 있을 때도 거실 소파에 몇 시간이고 앉아 있는 버릇이 있었다. 딱히 무엇인가를 생각하거나 예전의 일을 곱씹었던 것도 아니었다. 말 그대로 멍하니 앉아만 있었다. 그러다 보면 시간이 훌쩍 갔다. 배고파지면 냉장고에 있는 것을 아무거나 집어 먹었다. 어느새 냉장고가 텅 비면 그제야 소파에서 일어나 가까운 편의점에 가서 삼각김밥을 죄다 쓸어 왔다. 그걸 냉장고에 넣어두고 마찬가지로 멍하니 앉아 있다가, 배고파지면 냉장고에서 딱딱해진 삼각김밥을 꺼내 아주 천천히 씹어 먹었다. 고급스러운 크루즈 객실에 앉아 있을 뿐이지 사실 남자의 감각은 거실 소파에 앉아 있는 것과 크게 다르지 않았다.

잠깐 앉아 있었던 것 같은데 어느새 바깥이 어둑해 있었다. 또 한 가지 달라진 점은 크루즈가 출항해서 이미 바다로 나아갔다는 점이다. 크루즈가 워낙 커서 그런지 정박해 있을 때와 바다 위를 움직이고 있을 때의 차이를 크게 느끼지 못했다. 아니면, 차이가 있음에도 남자가 제대로 느끼지 못하는 것일 수도 있었다. 바다가 아닌 육지에 있을 때도 남자는 자주 자신이 물 위에 아슬아슬하게 서 있다고 느낄 때가 종종 있었기 때문이다.

배고파진 남자는 가방에서 삼각김밥을 하나 꺼내서 먹었다. 싱가포르 편의점에도 삼각김밥을 팔아서 다행이었다. 왜 삼각김밥만 먹게 되었는지는 사실 남자도 잘 알지 못했다. 간편해서 선택한 것일 수도 있지만 삼각김밥은 은근히 껍질을 까는 것이 귀찮았다. 그럴 바에는 샌드위치를 먹는 것이 더 낫지 않을까 싶었지만 항상 고르고 나면 삼각김밥이었다. 주로 참치가 들어 있는 것을 고르지만 사실 내용물은 뭐든 상관없었다. 일단 삼각김밥이기만 하면 됐다. 싱가포르 삼각김밥은 한국의 삼각김밥과 뭐가 다른가 생각할 틈도 없이 남자는 천천히 밥알을 씹어 먹으면서 침대에 기대어 다시 자신만의 세계로 빠져들었다.

잠을 자는 건지 혹은 그냥 앉아 있는 건지, 사실 남자는 어느 새부터인가 잘 구분하지 못했다. 삼각김밥을 다 먹고 난 뒤 침대에 앉아 있던 남자는 정신을 차린 순간 시간이 훌쩍 뛰어넘어갔다는 사실을 깨달았다. 아마도 앉은 채로 졸았거나 혹은 아무런 생각도 하지 않는 무아지경의 상태로 몇 시간을 흘려보냈을 것이 분명했다. 놀랍게도 남자는 며칠 동안 그렇게 크루즈의 침대에 앉아만 있었다. 객실 밖으로 나가지도 않고, 가방에 넣어둔 삼각김밥과 아침에 제공되는 조식만 먹으면서 아무것도 하지 않고 침대에 앉아만 있었다. 그러던 중 남자가 크루즈에 탄 지 3일째가 되었을 때 비로소 감각이 외부를 향했다. 옆방인지 혹은 옆 옆방인지 혹은 맞은편 방인지 알 수 없었지만, 벽을 넘어서 어떠한 소리가 들렸다. 한국어인지, 영어인지, 중국어인지, 러시아어인지 정확하게 알 수 없었지만 상당히 격한 목소리로 뭔가를 말하는 것 같았다. 대충 들었을 때 회사 일이 뭐가 잘 안돼서 격하게 소리치는 것 같았지만, 사실 남자에게는 별로 상관없는 일이었다.

꽤나 큰 목소리가 웅웅 울렸지만 남자는 그 소리가 자신을 방해한다고 느끼지는 않았다. 그저 그런 목소리가 들리는구나, 정도로만 생각했다. 그러다가 문득 남자는 오랜만에 아내 생각을 하게 됐다. 아내는 적당한 사람이었다. 30대가 되어서 소개를 통해 만났다. 서로 비슷한 스펙에, 비슷한 자산 규모를 가진 부모님에, 비슷한 가정환경을 가지고 있었기에 생각보다 잘 통했다. 6개월 정도 만나고 결혼하기로 했다. 결혼식은 상대적으로 소박하게, 대신 신혼여행을 좀 길게 다녀왔다. 남자에게도 아내는 적당한 사람이었고, 아내에게도 남자는 적당한 사람이었다. 남자는 그렇게 생각했었다. 8년 동안 말이다.

하지만 어느 날 문득 아내가 남자에게 이런 말을 했다.

"당신이라는 사람은 이곳에 없어."

이 말과 함께 아내가 이혼을 요구했다. 딱히 싸운 것도 아니었고, 특별히 트러블이 있던 것도 아니었다. 양가 부모님의 도움으로 구입한 아파트는 5년만 있으면 대출을 모두 갚을 수 있었다. 아이는 없었지만 서로 논의해서 다음 해쯤 시험관을 시도해보자는 말도 했었다. 그런데 아내가 갑자기 이혼을 얘기한 것이다. 아내가 그렇게 말한 순간 남자는 갑작스럽게 삶의 궤도가 뒤틀려버렸다는 것을 느꼈다. 그리고 깨달았다. 자신이 무엇을 해도 뒤틀린 궤도는 돌아오지 않는다는 것을. 일주일 동안 고민하고 남자는 이혼에 합의했다.

집은 남은 대출금을 모두 남자가 상환하기로 하고 남자가 가지기로 했다. 아내는 자신의 짐만 챙겨서 집에서 나갔다. 친정으로 갔는지 혹은 다른 집을 구해 나갔는지 알 수 없었다. 이혼한 직후 아내는 쓰던 휴대폰 번호를 없앴다. 그러자 남자는 아내에게 연락할 길이 완전히 사라졌음을 그제야 깨달았다. 8년을 같이 살았는데 아내에 대해 알고 있는 것이 별로 없다는 것도 알게 됐다. 자신이 아내에게 바라던 것이 딱히 없었던 것은 어쩌면 관심 없었기 때문이 아닐까 싶었다. 관심이 없었지만 적당했기에 결혼했고, 그래서 잘 살았던 것 같다고 남자는 생각했다. 하지만 아내는 그렇지 않았기에 남자에게 이혼하자고 했을 것이다.

벽 너머로 들려오는 목소리가 아까보다 더욱 거칠어졌다. 왜 벽 너머의 소리를 들으며 아내를 떠올렸는지 남자는 알 수 없었다. 이혼 과정에서 두 사람은 단 한 번도 서로 소리를 지르거나 싸운 적이 없었다. 그저 묵묵하게 시간을 보내다가 이내 이혼의 합의점에 도달했다. 그렇기에 벽 너머의 시끄러운 목소리가 어째서 아내를 연상케 했는지는 의문이었다. 그러다가 곧 목소리가 뚝 끊겼다. 서서히 잦아든 것이 아니라 갑자기 사라지듯 조용해졌다. 남자는 그저 목소리가 이제 더 들리지 않는구나, 정도로 여겼다. 남자는 명상하듯 침대에 앉아 고립된 시간을 보냈다.

사건이 벌어진 것은 몇 시간이 지난 후였다. 정확치는 않았지만 다른 사람들이 모두 잠들었을 즈음일 것이다. 침대에 앉아 있던 남자는 갑작스럽게 밖에서 들리는 시끄러운 소리에 눈을 번쩍 떴다. 요란스럽게 누군가가 뛰어다니는 소리와 무엇인가가 떨어지는 소리, 그리고 곧 여러 사람의 비명이 들렸다. 남자는 당황했지만 일단은 객실에서 안내 방송이 나올 때까지 기다리기로 했다. 섣불리 움직였다가 문제에 휘말리면 더욱 골치 아픈 상황이 될지도 모르기 때문이었다. 그렇게 10분 동안 가만히 기다렸지만 안내 방송은 나오지 않았다. 남자는 왠지 모르게 허기를 느껴서 가방을 뒤져 삼각김밥을 찾으려 했다. 하지만 이미 삼각김밥은 다 먹은 뒤였기에 먹다가 조식으로 나왔던 빵을 조금 뜯어 먹었다. 입안에 빵을 넣고 오랫동안 씹어서 거의 액체처럼 만들어서 삼켰다. 10분이 더 지난 다음에도 여전히 방송은 나오지 않았다. 묘하게 바깥이 조용했기에 남자는 천천히 침대에서 일어났다.

시간으로 치면 승선한 지 4일째가 되던 날, 남자는 문을 열고 객실에서 나왔다. 복도는 생각보다 조용했다. 하지만 무슨 일이 있었는지 벽에 달려 있던 그림이 바닥에 널브러져 있고, 객실 중 몇 개는 문이 열린 채 방치되어 있었다. 어디에도 사람의 흔적은 보이지 않았다. 남자는 천천히 복도를 걸으며 곳곳을 살폈다. 열려 있는 객실 안쪽을 보니 급하게 나갔는지 옷가지가 곳곳에 흩어져 있었다. 다른 객실도 상황은 비슷했다. 남자는 VIP 객실이 있는 5층 복도를 곧장 걸어 칵테일 바 쪽으로 향했다.

그곳도 사람이 보이지 않는 것은 마찬가지였다. 마치 크루즈 사람들만 증발한 듯 인기척은 물론 애초에 이곳에 사람이 존재했다는 흔적마저도 찾기 어려웠다. 조용해지기 시작한 20분 동안 사람들이 순식간에 증발하는 것은 불가능한 일이었다. 뭔가 문제가 생겨서 3층 갑판 쪽으로 이동한 것일지도 몰랐다. 남자가 있는 객실에만 기기에 문제가 생겨 안내 방송이 나오지 않았을 수도 있다. 남자는 계단으로 내려가 4층으로 향했다.

4층은 6인실과 8인실, 다인실로 구성된 객실 층이었는데 촘촘하게 객실이 꽉 차 있었다. 남자는 객실을 둘러보며 사람의 흔적을 찾으려 했다. 그런데 이곳도 마찬가지였다. 사람만 증발한 듯 그 어디에도 보이지 않았다. 마치 이 넓은 크루즈에 남자 혼자만 남아버린 것 같았다. 이쯤 되자 남자는 슬슬 불안해지기 시작했다. 어느새 사람들이 자신만 남겨두고 구조정을 타고 크루즈에서 탈출한 것은 아닌지 온갖 생각이 머릿속을 꽉 채웠다. 몇 주 동안 비워둔 남자의 머릿속이 이제는 불안감으로 가득 찼다.

남자는 이제 복도를 뛰어다니며 3층으로 내려가는 길을 찾왔다. 계단을 발견하자마자 허겁지겁 아래로 뛰어내리듯 내려갔다. 객실과 휴게실, 편의점, 카페 등 다양한 편의시설이 있는 곳이 바로 3층이었다. 1, 2층은 기관실과 엔진실, 화물칸뿐이니 적어도 3층에는 사람들이 있어야 했다. 하지만 역시나 여기에도 사람의 흔적은 전혀 발견할 수 없었다. 갑판 쪽으로도 나가봤지만 물건들이 폭탄을 맞은 듯 어질러져 있는 것을 제외하고는 사람은 보이지 않았다. 구조정을 타고 이동했다고 하기에는 바다 위 어디에도 다른 배의 흔적은 보이지 않았다.

남자는 당혹스러움과 함께 온몸을 짓누르는 공포를 느꼈다. 그러다 보니 요의가 느껴진 남자는 허겁지겁 화장실을 찾아가 소변을 누었다. 온몸의 수분이 모두 빠져나가는 듯한 느낌과 함께 남자는 세면대에 가서 세수를 했다. 차가운 물이 얼굴에 닿자 조금 정신이 드는 듯했다. 하지만 공포심은 여전히 그대로였다. 이 넓은 크루즈에 움직이는 사람이 혼자뿐일지도 모른다는 생각은 남자를 겁먹게하기 충분했다.

남자는 다시 3층 곳곳을 돌아다니며 사람들을 찾다가 편의점에 들렀다. 사람들의 흔적은 없었지만 물건은 꽉 차 있었다. 허기를 느낀 남자는 편의점 진열대에 있는 삼각김밥을 집어서 주머니에 쑤셔 넣었다. 직원이 없었기에 물건값을 계산할 수도 없었지만 남자는 굳이 지갑에서 환전했던 지폐를 꺼내 계산대 위에 올려놨다. 남자는 주머니에 쑤셔 넣었던 삼각김밥을 까서 우적우적 씹어 먹으면서 복도를 뛰어다녔다. 3층 객실을 뛰어다니다가, 다시 4층으로 올라갔다가, 다시 5층으로 올라갔다. 결국 남자는 다시 자신의 객실로 돌아왔다.

너무 급하게 뛰어다녀서 지쳤는지 남자는 잠시 침대에 앉았다. 이런 상황인데도 지칠 수 있다는 것이 놀라웠다. 그리고 말도 안 되지만 급격하게 졸음이 몰려왔다. 남자는 그대로 침대에 쓰러져 잠들었다. 꿈인지 현실인지 모르겠지만 그곳에서 남자는 아내와 함께 있었다. 그 세계의 남자는 아내와 아주 정다운 사이였다. 두 사람은 대학 시절부터 연애했고, 서로에 대해 많은 것을 알고 있었으며, 별다른 갈등 없이 결혼했다. 그리고 결혼 10주년 기념으로 크루즈 여행을 와서 함께 즐거운 시간을 보냈다. 남자는 꿈속 혹은 다른 세상 속의 자신이 아내를 보며 웃고 있는 모습을 보았다. 아니, 자신이 웃고 있었으니 반대편에서 웃고 있는 아내를 보았다. 사소한 이유로 잠시 뾰로통한 표정을 짓거나 기분 나빠 할 때도 있긴 했으나, 두 사람은 매우 정답고 서로를 제대로 이해하고 있었다. 남자가 8년 동안 결혼 생활을 하면서 한 번도 보지 못한 아내의 표정이기도 했다. 당황스러웠다.

남자가 눈을 떴다. 다시 아무도 없는 크루즈 안, 아내 없이 혼자서 온 VIP 객실 안이었다. 남자는 자신이 이런 상황에도 잠들었다는 사실이 믿겨지지 않았다. 남자는 자리에서 일어나 주머니에 쑤셔 넣었던 삼각김밥 하나를 우걱우걱 먹었다. 다 먹고 나니 갑자기 배가 아팠다. 삼각김밥이 이상했던 것 같지는 않았다. 남자는 자신이 며칠 동안 제대로 화장실을 가지 않았다는 것이 떠올랐다. 심각한 상황이었지만 그럼에도 생리현상은 피할 수 없는 것이었다. 남자는 다급하게 화장실에 들어가 볼일을 해결했다. 생각해보니 남자는 아내와 화장실을 공유한 적이 없었다. 아내는 안방 화장실을, 남자는 작은방의 화장실을 사용했다. 그렇게 하자고 정한 것도 아니었는데 자연스럽게 그렇게 됐다.

남자는 그것이 이상하다고 생각해본 적도 없었다. 그런데 다시 생각해보니 굳이 그럴 필요가 있었을까 싶었다. 하지만 지금 와서는 별로 의미 없는 생각일 뿐이었다. 볼일을 마치고 화장실에서 나온 남자는 다시 객실 밖으로 나갔다. 여전히 사람의 흔적은 전혀 보이지 않았다. 남자가 3층을 유령처럼 떠돌고 있을 때였다. 수영장 근처에서 그림자 하나가 어른거리는 것이 보였다. 남자는 몸을 획 돌려 그 그림자를 향해 뛰어갔다.

이곳에 자신 말고 다른 사람이 있다는 사실만으로도 뭔가 안도감이 들었다. 누가 됐든지 간에 여기서 무슨 일이 있었는지 설명해주면 불안감이 조금이라도 완화될 것 같았다. 남자는 그림자를 향해 기다리라고 외치며 힘껏 달려갔다. 숨이 차올라 지쳤을 때, 남자는 그림자가 5층에 있는 극장으로 들어가는 것을 발견했다. 남자는 다급하게 극장 문을 열고 들어갔다.

숨을 몰아쉬던 남자가 객석을 오가며 그림자를 찾았다. 사방을 둘러보았지만 인기척은 느껴지지 않았다. 남자는 객석을 가로질러 단상 위로 올라갔다. 발코니 쪽 좌석까지 둘러봤지만 어디에도 그림자는 보이지 않았다. 그런데 그때 남자가 들어왔던 극장 문 앞에 누군가가 서 있는 것이 보였다. 남자는 고개를 들고 인영을 바라봤다. 조명이 없어서 어두운 그늘에 가려진 형체가 제대로 보이지 않았다. 하지만 실루엣만으로도 알 수 있는 것은 사람인가 싶을 정도로 큰 키에 발까지 내려온 긴 팔 그리고 맨몸이었다. 평소에 봤다면 미친 사람이라고 생각하고 피했을 모습이었지만 남자는 지금 그런 것을 따질 때가 아니었다.

남자가 소리치며 문 앞에 선 거인에게 손을 흔들며 빠르게 단상에서 내려와 그쪽으로 뛰어갔다.

"잠시만요!"

하지만 그 수상한 거인은 문을 열고 어딘가로 또 사라졌다. 남자는 빠르게 객석을 가로질러 문을 열고 그 존재의 흔적을 찾으려 했다. 그때 아래층 계단으로 내려가는 거인을 발견했다. 남자는 거인을 쫓아 계단을 내려갔다.

쿠웅.

2층 화물칸으로 내려가는 문은 육중하고 묵직했다. 조명이

거의 없어서 어두운 광경이 마치 괴물이 입을 쩍 벌리고 있는 것 같았다. 밑에서 쿵쿵 소리가 들렸다. 남자는 그 소리를 쫓아 화물칸 쪽으로 내려갔다. 화물칸에는 컨테이너들이 쌓여 있고, 다른 한쪽은 자동차들이 줄지어 고정되어 있었다. 남자는 컨테이너 사이를 오가며 거인을 쫓았다. 쿵쿵 소리가 앞쪽에서 들렸다.

남자가 거인을 향해 소리쳤다.

"기다려! 잠시만!"

하지만 거인은 멈추지 않고 어딘가로 달려갔다. 남자는 정신없이 달리고 또 달렸다. 어느새부터인가 남자는 자신이 왜 거인을 쫓아가고 있는지를 잊었다. 쫓아가다 보니 그저 쫓는 것 자체에만 집중하게 된 것이었다. 어쩌면 남자의 인생 자체가 그랬던 것일지도 몰랐다. 쫓다 보니 쫓는 것에만 집중하는데 익숙한 삶을 살아왔다. 남자는 아내가 자신의 그런 점에 질려버린 것이 아닐까 하는 생각이 문득 들었다.

한참 거인을 쫓아가던 남자는 문득 어느 컨테이너 앞에서 멈췄다. 그 컨테이너는 다른 것과 다르게 문이 열려 있었다. 남자는 문이 열린 컨테이너를 살폈다. 안쪽은 나무 상자들이 가득 쌓여 있었는데, 상자 몇 개가 넘어지면서 내용물이 쏟아져 컨테이너 입구까지 나와 있었다. 액체 질소를 담고 있는 것 같은 가스통처럼 생긴 금속 원형 통이었는데 크기는 소화기만했다. 금속 원형 통에서 칙칙 소리를 내며 뭔가가 계속 새어 나오고 있었다. 남자는 혹시라도 가스가 새서 폭발할까 싶어서 뒤로 물러나려 했는데, 컨테이너 안쪽에서 뭔가가 움직이는 것이 보였다.

남자가 스마트폰을 꺼내 조명을 켜서 컨테이너 안쪽을 비추었다. 놀랍게도 컨테이너 안쪽에 아까 봤던 거인이 쪼그린 채 앉아 있었다. 거인은 옷도 입지 않은 채 창백한 피부와 민머리를 가지고 있었으며 팔이 비정상적으로 길었다. 거인은 남자가 비춘 조명에 고개를 돌리며 구석으로 도망치려 했다. 하지만 이곳에서 더 도망칠 곳은 없었다.

남자가 그 거인에게 말했다.

“모두 어디에 있어? 도대체 무슨 일이 일어난 거야?”

거인은 답하지 않았다. 아니, 답할 수 없었다. 거인은 사람의 말을 제대로 이해하지도 또한 말하지도 못하는 듯했다. 거인은 알 수 없는 소리를 반복하며 남자가 비추는 빛에서 벗어나고 싶어 했다. 남자는 알 수 없는 충동에 빠져 거인이 있는 컨테이너 안으로 들어갔다.

그리고 거인을 향해 조명을 더 가까이 쏘아 붙이며 말했다.

“다른 사람은 어디에 있어? 어서 말해! 말하라고!”

남자가 소리치자 거인은 더 몸을 둥글게 웅크리며 남자에게서 벗어나고 싶어 했다. 남자는 참지 못하고 거인을 향해 손을 뻗었다. 그런데 그 순간 거인이 머리를 획 돌리더니 남자와 눈을 마주쳤다. 거인의 눈에는 검은 눈동자가 없이 흰자위만 있었다. 그 흰자위와 마주한 남자는 순간 몸이 굳어버렸다. 아무런 생각이 들지 않았다. 동시에 거인이 입을 쩍 벌렸다. 마치 턱뼈가 없는 것처럼 하관이 쭉 길어지더니 입이 엄청나게 크게 벌어졌다. 남자는 굳은 상태에서 거인의 입안을 들여다 볼 수 있었다. 거인의 입에는 이빨이 없었다. 아니, 애초에 사람하고는 다른 존재였기에 입안에 아무것도 존재하지 않았다. 어둠, 어둠 그리고 어둠뿐이었다. 거인의 입안에 존재하던 어둠이 남자를 향해 다가왔다. 순식간에 어둠이 남자를 덮쳤다. 남자는 아무것도 볼 수 없었다. 남자는 어둠 속으로 빠져들었다. 그러다가 갑자기 눈을 떴다.

"끼아아아악!"

"아아아아악!"

남자는 자신이 수많은 사람 한가운데 서 있다는 것을 깨달았다. 크루즈 위에서 사람들이 비명을 내지르며 도망가고 있었다. 남자는 당황스러운 상황임에도 어쨌든 사람들이 있다는 것이 반가웠다. 그런데 뒤돌아보니 끔찍한 광경이 펼쳐지고 있었다.

"으적, 으적, 으적."

무엇인가가 사람들을 잡아먹고 있었다. 복도에 피가 튀고,

내장이 흘러내리고, 잘린 팔다리가 널브러져 있었다. 남자는 그때서야 사람들이 왜 비명을 지르며 도망치는지 깨달았다. 순간 몸이 굳어져서 움직이지 못하는 남자에게 누군가가 다가와 팔을 잡아당겼다.

"당신, 지금 뭐 하는 거야!"

아내였다. 남자는 아내의 얼굴을 보고 순간 현기증이 일었다. 자신은 분명 이 크루즈에 혼자 탔고, 아내는 타지 않았다. 그런데 어떻게 아내가 이곳에 있다는 말인가. 정신 차리지 못하는 남자를 데리고 아내가 빠르게 복도를 빠져나왔다. 사람들은 괴물을 피해 문을 닫을 수 있는 강당 쪽으로 달렸다. 쿵 소리와 함께 문을 잠그고, 겨우 대피한 사람들이 안도의 한숨을 돌렸다.

남자를 데려온 아내 역시 진이 빠진다는 듯 숨을 몰아쉬다가 이내 고개를 들고 남자에게 말했다.

"아니, 도대체 아까 뭐 하고 있었던 거야? 잡아먹히고 싶었어? 대답해봐!"

남자는 자신을 타박하는 아내의 모습이 낯설었다. 지금까지 함께 살면서 남자와 아내는 서로에게 이런 식으로 얘기해본 적이 거의 없었다. 대부분 대출금을 상환하는 문제와 저녁을 먹고 올지 아닐지, 주말에 가사를 어떻게 분담할지 정도만 얘기했었다. 남자가 멍하니 자신을 바라보기만 하자 아내가 남자의 뺨을 툭툭 치면서 고개를 내저었다.

"안 되겠네. 완전히 넋이 나갔어. 얼굴도 완전 창백하고. 뭐라도 좀 먹어야 하는 거 아냐?"

아내의 말에 남자는 주머니에 쑤셔 넣어두었던 삼각김밥이 떠올랐다. 남자는 아내에게 삼각김밥을 주기 위해 주머니에 손을 넣었다. 그런데 삼각김밥 대신 잡히는 것은 여권과 지갑이었다. 남자는 여권을 꺼내 펼쳐 봤다. 자신의 얼굴과 똑같은 남자의 사진이 있었지만 미묘하게 생년월일이 달랐다. 남자의 실제 나이보다 두 살 더 많았다. 그리고 여권에 꽂혀 있는 티켓도 자신이 가지고 있던 것과 달랐다. 여객선의 이름은 지수호, 산동성 청도항 여객터미널에서 인천항 국제여객터미널로 도착하는 것이었다. 남자가 고개를 들어 주변을 돌아보니 묘하게 자신이 탔던 크루즈보다 크기도 작고 낡은 느낌이었다. 여권과 여객선 티켓을 뚫어지게 들여다보고 있는 남자를 보며 아내가 혀를 찼다.

"아니, 지금 그걸 뭐 하러 보고 있어. 여기 상황이 엉망이 됐는데……. 그나저나 화물칸에 뭘 실어놨길래 저런 게 튀어나와?"

아내는 화물칸에 실려 있던 맹수 혹은 그에 준하는 무엇인가가 풀려나서 사람들을 공격했다고 생각하고 있었다. 남자 역시 그것이 정확하게 무엇인지는 몰랐다. 어쨌든 지금 자신은 원래 있던 세상이 아닌 전혀 다른 세상에 떨어졌다. 아내와 사이가 좋은 또 다른 세상의 자신이 되어버린 것이다. 바로 그때였다.

쿠우우웅. 쿠우우웅.

굳게 닫힌 선실의 문을 무엇인가가 몸으로 밀어붙이는 소리가 들렸다. 사람들이 놀라서 비명을 지르며 뒤로 물러났다. 짐짓 괜찮은 척하던 아내 역시 겁먹은 표정으로 남자의 손을 꽉 잡고 선실의 가장 깊은 구석으로 도망갔다. 아내는 남자의 손을 잡고 계속해서 "괜찮을 거야"라고 중얼거렸다. 8년 동안 아내와 함께 살면서 이렇게 가까이, 손을 꽉 붙잡아본 적은 손에 꼽았다. 짧은 연애 기간 동안에도 모텔에 가서 몸을 섞었을지언정 이렇게 가까이서 서로 붙어 있었던 적은 거의 없었다. 물론 결혼하고 난 뒤에도 마찬가지였다.

남자가 아내와의 친밀한 거리에 당황스러워할 때 문에서 나는 소리가 더 커졌다. 곧 문이 찌그러지고 틈이 점점 벌어지기 시작했다. 아내는 남자의 손을 더 꽉 붙잡았다. 그때였다.

쩌어어어억.

뒤쪽에 있던 선실의 창문이 깨지면서 괴물이 선실 안으로 들어왔다. 머리카락이 갈기처럼 사방으로 뻗쳐 있고 사족보행을 하는 괴물의 모습은 사람도 아니고 짐승도 아니었다. 피부 표면에 끈적끈적한 체액이 잔뜩 묻어 있었는데 역겨운 악취가 훅 풍겼다.

남자의 손을 잡고 있던 아내가 비명을 질렀다.

"꺄아아아악!"

끔찍한 외양의 괴물이 날카로운 이빨을 드러내며 입을 쩍 벌리고 있다면 누구라도 비명을 질렀을 것이다. 다른 차원의 아내도 이 괴물 앞에 있었다면 비슷한 반응을 보일지 궁금했다. 남자는 지금껏 아내가 비명을 지르거나, 놀라거나 혹은 어떠한 격렬한 반응을 보인 것을 별로 본 적이 없었다. 그래서 지금 비명을 지르는 아내의 모습이 낯설면서도 신기했다.

그런 생각을 하다가 남자는 본능적으로 아내의 앞을 막아섰다. 왜 그랬는지 남자는 스스로도 이해하지 못했다. 어떠한 정의감이나 아내에 대한 추억, 사랑이 있어서 그런 것은 아니었다. 자신도 알지 못하는 무의식이 발현한 것이었다. 어쩌면 자신이 보지 못했던 아내의 또 다른 모습을 보았기 때문에 몸이 먼저 반응했을 수도 있다. 아내의 앞을 가로막은 남자의 눈앞에 어둠이 찾아왔다. 그것은 끝을 알 수 없는 구멍이었다. 괴물이 입을 쩍 벌리고 남자의 머리를 통째로 씹어 먹었다. 다시 어둠이 찾아왔다.

남자는 눈을 떴다. 아까와 달리 사방에 아무도 없었다. 아니, 있었지만 모두 시체가 되어 있었다. 괴물에게 뜯어 먹힌 모습이 아닌 눈과 귀, 코에서 검은 피를 흘리며 죽어 있는 모습이었다. 마치 바이러스에 당한 듯 사람들은 기괴한 모습으로 쓰러져 있었다. 남자는 사방을 둘러보며 아내를 찾았지만, 그 어디에도 아내의 모습은 보이지 않았다. 남자는 다시 주머니에 손을 넣어봤다. 이번에도 여권이 있었다. 여권에 있는 자신의 얼굴. 역시나 미묘하게 생년월일이 달랐다. 또 다른 세계의 자신이 사진 속에 있었다. 그때 남자가 기침을 했다. 남자의 입에서 검은 피가 울컥 솟구쳤다. 귀에서도 코에서도 피가 줄줄 흘렀다. 눈앞이 흐려지더니 현기증이 느껴지면서 남자는 그대로 쓰러졌다. 다시 어둠에 잡아먹혔다.

남자가 눈을 떴다. 이번에도 사람이 많았다. 아까와는 또 달랐다. 뜯어 먹힌 시체가 사방에 널브러져 있었다. 뜯긴 팔다리가 여기저기 있었는데, 놀랍게도 그 팔다리가 꿈틀거리더니 신체조직이 괴물로 변하기 시작했다. 손바닥에서 입이 생겨나고, 이빨이 돋아나고, 손가락이 갑각류의 다리처럼 변했다. 남자는 멍하니 그 모든 광경을 지켜봤다. 비명을 지르며 도망치는 사람들 사이에서 마치 남자만이 시간이 멈춘 듯 괴물로 변해가는 신체조직들을 바라보고 있었다. 그때 천장을 기어가던 괴물 하나가 남자를 향해 뛰어들었다. 괴물이 남자의 목을 물어뜯었다. 남자는 목이 불에 덴 듯 화끈했다. 움직이려고 했지만 온몸에 감각이 사라졌다. 곧 다른 괴물들도 남자의 몸에 달라붙었다. 손가락과 발가락, 안구가 파먹혔지만 감각이 없으니

고통도 없었다. 안구가 사라지자 다시 어둠이 찾아왔다. 남자는 이 어둠과 적막 속에서 평온함을 느꼈다. 그때 다시 평온에 균열이 일어났다.

"저기요! 정신 차리세요!"

자신의 몸을 흔들며 부르는 소리에 남자가 눈을 떴다. 땀에 흠뻑 젖어 있는 군인이 자신을 내려다보고 있었다.

"빨리 일어나세요! 어서요!"

남자는 군인의 부축을 받아 자리에서 일어났다. 주변을 둘러보니 여객선의 갑판 쪽이었다. 군인들이 사람들을 이끌고 빠르게 대피시키고 있었다. 갑작스럽게 또 주변이 바뀌자 남자는 혼란스러웠다. 자신이 지금 어디에 있는 건지, 스스로가 누구인지 헷갈렸다. 군인들의 지시에 따라 대피소로 움직이면서 남자는 다시 주머니를 뒤졌다. 이번에는 주머니 속에 아무것도 없었다. 이곳이 어디인지, 자신이 누구인지 알 길이 없었다. 혼란스러웠다.

남자가 줄을 따라 대피소로 가고 있는데 뒤에 있는 외국인이 손톱을 물어뜯으며 몸을 덜덜 떨었다. 외국인은 떨리는 목소리로 뭔가를 중얼거렸다. 영어를 썼다가, 남자가 모르는 다른 나라의 언어를 썼다가, 한국말을 하기도 했다.

"죽을 거야. 우리 모두 다 죽을 거야!"

남자는 외국인의 목소리가 왠지 낯익었다. 사람들이 모두 사라지기 전 옆방에서 들렸던 목소리와 비슷했다. 그때도 여러 가지 언어가 섞인 말이 벽을 넘어서 남자의 귀에 들어왔었다. 그때 그 사람과 같은 사람인지는 모르겠지만 목소리나 하는 말이 비슷했다. 혼자서 뭔가를 마구 중얼거리던 외국인은 갑자기 과호흡이 오는지 숨을 헐떡거렸다. 얼굴이 하얗게 질린 채 자신의 목을 부여잡고 비틀거렸다.

"아아아! 아아아아!"

외국인이 공포에 질린 표정으로 어딘가를 응시하더니 이내 사람들을 헤치고 바다 쪽으로 달려갔다. 그러자 군인들이 패닉에 빠진 외국인을 붙잡았다.

"진정하세요! 이러시면 안 됩니다!"

외국인은 군인들의 제재에도 몸부림치며 소리쳤다.

"이거 놔! 우린 다 죽을 거야! 우린 다 죽을 거라고!"

완전한 패닉 상태에 빠진 외국인의 눈동자는 이루 말할 수 없는 공포에 질려 있었다. 그때, 여객선 어딘가에서 쿵하는 소리와 함께 거대한 진동이 일어났다. 여객선 전체가 떨릴 정도로 강한 진동이었다. 그 소리에 외국인이 다시 비명을 질렀다. 외국인은 자신의 몸을 붙잡고 있던 군인들을 밀치고 미친 사람처럼 달려가더니 곧장 바다를 향해 뛰어들었다. 높은 선체에서 뛰어내린 외국인은 넘실대는 파도에 묻혀서 흔적도 없이 사라졌다. 바다로 뛰어든 외국인을 놓친 군인들은 망연자실한 표정을 지었다. 하지만 그쪽에 신경 쓸 여유가 없었다.

쿠우웅! 쿠우우웅!

지하로 내려가는 곳과 연결된 철문에서 큰 소리가 났다. 철문이 우그러지며 안에서 뭔가가 억지로 빠져나오려는 것이 느껴졌다. 대피하던 사람들은 갑작스럽게 일어나는 일에 당황하며 수군거렸다. 군인들은 사람들을 진정시킨 뒤 총을 들고 철문 쪽으로 다가갔다. 군인들이 마른침을 삼키며 총으로 휘어지는 철문을 겨누었다. 요란한 소리가 철문 안쪽에서 계속 들리더니 쿵 하는 소리와 함께 철문이 완전히 우그러지고 바깥으로 튕겨 나갔다. 군인들이 당황하며 뒤로 물러났다. 문 안쪽에서 무엇인가가 모습을 드러냈다.

"어어?"

군인들은 당황하며 문 안쪽에서 튀어나온 것을 향해 총구를 들이밀었다. 그것은 사람이 아니었다. 축 늘어진 긴 팔에, 2미터를 훌쩍 넘어서는 큰 체구, 창백할 정도로 하얀 피부에 높은 흰자위만 있었다. 무엇보다 찢어진 입에 돋아난 날카로운 이빨이 마치 상어의 것과 같았다. 그런 괴물이 하나가 아니었다. 괴물들이 입을 쩍 벌린 채 알 수 없는 굉음을 내질렀다. 마치 철판을 긁는 끔찍한 소리 같기도 하고, 짐승이 울부짖는 소리 같기도 하고, 사이렌이 울리는 소리 같기도 했다. 굉음을 내지르는 괴물들을 앞두고 군인들은 당황하여 총기의 안전장치를 풀었다. 동시에 요란한 총성이 여객선 전체를 뒤흔들었다.

두두두두두두.

군인들이 들고 있는 총에서 발사된 총알이 괴물들의 몸에 정확히 박혔다. 만약 총을 맞은 대상이 사람이었다면 온몸에 피를 흘린 채 쓰러졌을 것이 분명했다. 하지만 괴물들은 총알에 관통당했음에도 살짝 비틀거리기만 할 뿐 쓰러지지 않았다. 총에 맞은 부분에서 파란빛이 도는 체액이 흘러나오기는 했지만 믿을 수 없이 빠른 속도로 상처가 아물었다. 심지어 몸에 박혀 있던 총알이 저절로 빠져나오면서 바닥에 툭툭 떨어졌다.

"마, 말도 안 돼."

군인들은 믿을 수 없다는 듯 당황하며 탄창을 모두 비울 기세로 마구 쏴댔다. 총구에서 불꽃이 튀며 수많은 총알이 괴물들을 향해 쏘아졌다. 하지만 결과는 같았다. 총알은 바닥을 뒹굴었고, 괴물들은 상처를 스스로 치유하며 입을 쩍 벌린 채 앞으로 걸어왔다. 괴물 중 하나가 가장 앞에 있는 군인 앞으로 다가갔다. 군인은 거대한 체구의 괴물이 자신의 앞으로 오자 위압감에 몸이 굳어 움직이지 못했다. 미처 피하지도 못한 채 그 자리에 우두커니 서 있었다. 그러자 괴물이 입을 쩍 벌리더니 그대로 군인의 머리통을 씹어 삼켰다.

우저저저적.

적나라한 소리가 들리고 군인의 잘린 목 단면에서 피가 솟구쳤다. 그 뒤로 아비규환이 펼쳐졌다. 먼저 도망가기 위해 뒤엉킨 사람들과 군인들이 서로를 붙잡는 장애물이 됐다. 괴물들은 긴 팔을 뻗어 도망치지 못한 사람들을 붙잡았다. 양손으로 사람을 쥐고서는 상반신과 하반신을 비틀어 꺾은 뒤 흘러나오는 피와 내장을 쩍 벌린 입으로 받아먹었다. 사방이 온통 피와 잘려 나간 신체 토막으로 가득했다. 남자는 그 참혹한 현장의 한가운데 서 있었다.

남자는 자신이 여전히 어디에 있는지 감을 잡지 못했다. 분명하게 일어나고 있는 현실임에도 현실처럼 느껴지지 않았다. 도망치는 사람들이 그런 남자를 치며 지나갔다. 남자는 비틀거리며 그 자리에 쓰러졌다. 다리에 힘이 들어가지 않았다. 남자 앞으로 뼈가 도드라지게 보이는 창백한 맨발이 보였다. 남자가 천천히 고개를 들었다. 괴물이 주저앉아 있는 남자를 내려다보고 있었다. 남자는 괴물의 모습이 자신이 쫓았던 거인과 왠지 비슷하다고 느꼈다. 괴물들이 하나둘 남자의 주변으로 모여들더니 입을 쩍 벌렸다. 끔찍한 소리와 함께 고통이 온몸에 느껴졌다. 다시 암전. 사방이 어둠으로 둘러싸였다.

금방 눈 뜰 줄 알았는데 이번에는 시간이 좀 걸렸다. 어떤 원리인지 모르겠지만 남자는 이번에도 어쨌든 눈을 떴다. 하지만 이번에는 뭔가가 달랐다. 남자가 처음 탔던 그 크루즈의 복도였다. VIP룸이 있는 5층 선실. 그곳에 남자는 서 있었다. 사람들이 남자가 있는 쪽을 향해 다가왔다. 그런데 남자를 보지 못하는 듯 남자를 휙 지나쳤다. 그제서야 남자는 자신의 육신이 반투명 상태라는 것을 깨달았다. 마치 유령처럼 존재하지 않는 상태였다. 반투명한 남자의 몸은 벽도 통과할 수 있었다. 남자는 자신에게 배정된 객실로 들어갔다. 놀랍게도 그곳에 남자 자신이 침대에 앉아 있었다. 넋을 잃은 표정으로 침대에 기댄 채 눈을 감고 졸고 있었다. 어쩌면 눈만 감고 있는 것일지도 몰랐다. 주변에는 삼각김밥 껍데기가 널려 있고, 남은 빵이 테이블 위에 아무렇게나 버려져 있었다.

남자는 침대에 앉아 있는 자신을 바라보다가 곧 몸을 돌렸다. 어딘가에서 전화하는 소리가 들렸기 때문이다. 그 소리가 나는 곳으로 남자는 움직였다. 벽과 벽을 통과하며 전화하는 사람을 찾아다녔다. 자신의 객실 맞은편에서 나는 소리였다. 얼굴에 턱수염을 잔뜩 기른 외국인은 난감한 표정으로 특이한 모양의 스마트폰을 잡고 있었다. 바다로 뛰어내렸던 외국인과 생김새가 같지는 않았지만 목소리는 비슷했다.

남자는 세계는 달라도 목소리가 비슷할 수 있다는 것이 신기했다. 수염 난 외국인은 스마트폰을 붙잡고 끊임없이 소리를 질렀다. 크루즈에서도 통화가 되는 것을 보니 위성통신이 가능한 모델인 듯싶었다. 남자는 수염 난 외국인을 물끄러미 바라보며 통화를 엿들었다. 육체를 가지고 들었을 때는 다른 나라 말이라 제대로 알아들을 수 없었는데, 유령 상태에서 들으니 어떤 의미인지 이해할 수 있었다.

문제가 생겼다, 바이러스가 유출됐다, 모체도 함께 실려 있는데 이제 어떻게 할 거냐, 지금 상태라면 이 배에 분명 뭔가 문제가 생길 거다, 무슨 문제인지는 나도 파악할 수 없다, 애초에 그런 종류의 실험이었지 않냐, 회사가 알면 문제가 커진다, 그 전에 수습을 해야 한다……. 이런 취지의 대화가 여러 나라의 언어로 오갔다. 바다에 뛰어내렸던 외국인도 이와 비슷한 말을 했던 걸까. 그는 모두가 죽을 것이라고 했다. 남자도 괴물에게 뜯어 먹혀 죽었기에 어떻게 됐는지는 모르겠지만 그 여객선에 있던 사람들은 모두 죽었을 것이다.

어쩌면 여객선뿐만이 아니라 그 세계의 모든 사람이 다 죽을지도 모른다. 그 괴물은 그만큼 위험해 보였으니까. 하지만 남자가 있는 이 세계는 그 세계와는 달랐다. 남자는 화물칸에서 봤던 컨테이너가 떠올랐다. 괴물을 닮은 거인이 숨어 있던 컨테이너에서 가스가 유출되었다. 어쩌면 그게 바이러스일지도 모른다. 수염 난 외국인은 전화를 끊고 객실 안을 이리저리 돌아다녔다. 그러다가 화장실로 들어갔다. 물을 트는 소리가 들렸다. 남자는 수염 난 외국인이 화장실에서 나오기를 기다렸다. 그런데 물소리만 계속 날 뿐 수염 난 외국인은 밖으로 나오지 않았다. 남자가 벽을 뚫고 화장실로 들어가봤다. 수염 난 외국인이 온데간데없이 사라져 있었다. 분명 화장실로 들어간 것을 봤는데 흔적도 없이 사라졌다. 남자는 벽과 벽을 통과하며 다른 객실도 살폈다. 사람들이 하나둘씩 사라지고 있었다. 그때 바깥에서 비명이 들렸다. 남자는 다시 벽을 통과해 복도 쪽으로 향했다. 그곳에 있었다. 거인이.

거인은 터벅터벅 복도를 걷고 있었다. 거인의 양손에는 컨테이너에서 봤던 보조용 냉매 실린더가 들려 있었다. 그 통에서 뭔가가 새어 나왔다. 수염 난 외국인이 말한 바이러스가 이것일지도 몰랐다. 거인이 보조용 냉매 실린더를 모두 비워낸 뒤 몸을 빙글 돌려 흰자위만 있는 눈으로 남자를 봤다. 그 누구도 보지 못했던 남자의 모습을 거인은 정확하게 바라본 것이었다. 거인은 긴 손가락을 들어 남자를 가리켰다. 그러더니 아무것도 없는 구멍 같은 입을 벌렸다. 남자는 거인이 소리 없이 말하고자 하는 것이 무엇인지를 알 수 있었다.

괴물.

순간 남자는 아내가 했던 말이 떠올랐다.

—당신이라는 사람은 이곳에 없어.

어둠 속에서 그 목소리만 남자의 귓가에 맴돌았다. 다시 어둠과 평온이 함께 찾아왔다. 그리고 곧 균열이 찾아왔다.

남자가 눈을 떴다.

“손님, 여권과 티켓을 보여주시겠습니까?”

승무원의 목소리에 남자는 정신이 번쩍 들었다. 자신이 방금까지 무슨 생각을 하고 있었는지도 깜깜했다. 남자는 자신의 품을 뒤져서 여권과 크루즈 티켓을 찾았다. 한참 동안 주머니를 뒤적이다가 옆에 둔 가방 안에서 겨우 티켓을 끼워둔 여권을 찾을 수 있었다. 미라클 오세아니아. 크루즈의 이름이었다.

승무원이 티켓과 여권을 확인한 뒤 웃으며 말했다.

“확인했습니다. 즐거운 여행 되세요.”

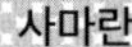

사마란

돌체비타 레스토랑

사마란

괴이학회 소속 작가. 장르에 상관없이 재미있는 이야기를 쓰고 있다. 장편소설 『영혼을 단장해 드립니다, 챠밍 미용실』을 출간했고, 단편소설 「그네」 「망자의함」 「영등」 「라하밈」 등을 발표했다.

6시 25분 출발 예정이던 여객선은 15분가량 늦게 출발해 청도항 여객터미널을 빠져나왔다. 객실 창문 밖으로 방금까지 발을 딛고 서 있던 육지가 점점 멀어져갔다. 피로가 한꺼번에 몰려와 하품과 함께 눈물이 찔끔 나왔다. 아들을 안고 하얀 침대에 벌렁 드러누웠다. 침대가 출렁이자 신이 나는 듯 꺄르르 웃던 아들이 왼손으로 가슴팍을 딛고 일어서는 바람에 비명이 절로 나왔다.

"으윽, 희준아! 엄마 아파!"

그러거나 말거나 희준은 신나서 반대편 손으로 내 배를 팡팡 두들겨대고 광진은 소파에 앉아 여객선 안내 책자를 들여다보느라 이쪽 일에는 관심이 없었다. 언제나처럼 육아는 엄마 소관이라는 듯한 태도에 나는 짜증을 꾹 누르며 벌떡 일어나 희준의 양손을 잡고 나무랐다.

"그만해. 희준아, 안 돼. 엄마 때리는 거 아니야!"

희준이 멍하니 내 얼굴을 바라보다 입을 삐죽거리더니 이내 닭똥 같은 눈물을 뚝뚝 흘렸다. 울먹이는 희준의 얼굴을 보니 아차 싶어 얼른 희준을 안았다.

'그래, 네가 무슨 죄니. 저 인간이 문제지.'

보고서라도 되는 양 여객선 안내 책자를 정독하고 있는 광진에게 소리라도 지르고 싶었지만, 희준이 놀랄 것 같아 꾹 참았다. 여태 참았는데 한 번 더 참으면 조용히 집으로 돌아갈 수 있으리라는 생각에 숨을 고르며 애써 마음을 다스렸다.

석 달쯤 전이었다. 이른 여름휴가로 갓 두 돌이 지난 희준을 데리고 해외여행이라도 가자는 광진의 말에 고마웠던 것도 잠시, 곧 맞이하는 시부모님의 결혼기념일 선물을 겸해 두 분을 모시고 다 같이 괌에 가자는 광진의 말에 나는 두려움으로 잠을 설쳤다. 밤새 궁리한 끝에 그간 자식 키우고 짝 찾아 여의느라 고생하셨는데 50주년 결혼기념일 여행은 두 분이 오붓하게 다녀오시는 게 의미도 있고 더 낫지 않겠냐며 간사를 떨었다.

내 결백을 포장하려고 이왕 보내드리는 건데 두 분 여행을 더 비싼 패키지로 선택해드리고, 우리는 중국이든 베트남이든 좀 저렴한 곳에 가자고 비굴한 표정을 지었더랬다. 광진은 선심쓰듯 '그럴까?'라고 하더니 대뜸 우리는 중국 청도를 가자며 덧붙인 한마디는 이랬다.

"자기, 칭따오 맥주랑 양꼬치 좋아하잖아? 그래서 청도로 정했어. 세상에 이렇게 아내 생각하는 남편이 어디 있냐. 자기 시집 진짜 잘 왔다, 그치?"

뛰는 놈 위에 나는 놈이라고 광진은 내 반응을 예상했을 것이다. 여름휴가랑 맞바꾼 비수기 해외여행을 중국으로 간다고 하면 내가 뭐라고 할 것 같으니 꼼수를 쓴 게 분명했다. 청도가 월등히 저렴해서 골랐을 것이 뻔했지만, 그가 꼼수를 썼다는 증거는 어디에도 없거니와 어쨌거나 불편한 시부모님과의 동반 여행보단 나았으니 꾹 참았다.

여행을 앞두고 지나치게 꼼꼼한 계획형인 광진이 매일 밤 컴퓨터 앞에서 무언가를 검색하고 비교하다가, "자기야, 이리 와봐."라는 소리로 나를 괴롭히는 시간이 한 달 반이 넘도록 계속되었다. 광진이 "자기야."라고 부르기만 해도 화들짝 놀라 돌기 직전이 되었을 때 포기하듯이 "난 자기를 믿어. 알아서 정하면 난 따라만 다닐게."라는 말을 한 게 실수였다. 혹시나 하는 마음에 잔뜩 짐을 넣은 커다란 캐리어 두 개를 끌고 나선 이번 여행에서 남편은 마치 잠시의 시간도 낭비할 수 없다는 듯 빡빡한 일정을 짜놓았다. 온갖 블로그 여행 후기를 뒤져보며 열심히 체크하고 메모하더니만, 마치 게임 퀘스트를 수행하듯 계속해서 이동하며 종일 걷고 사진을 수백 장 찍어댔다.

여유로운 휴양지 여행을 좋아하는 나로선 여행이 아니라 극기 훈련을 간 기분이었다. 게다가 여행 직전 감기에 걸린 어린 희준은 컨디션까지 좋지 않아 툭하면 잠투정을 하며 안아달라고 졸랐다. 유독 엄마만 찾는 아이라 많은 시간 희준을 안고 걸어야 했다. 녹초가 된 몸을 끌고 들어간 숙소는 깜짝 놀랄 만큼 좋은 가격에 예약한 숙소라는 광진의 말대로 깜짝 놀랄 만큼 엉망이어서, 침대 시트는 제대로 갈았을지 고민하게 했다. 수세식 변기가 있는 것이 신기하게 느껴질 정도의 룸 컨디션이건만 광진은 이 정도면 잘 만하다며 내 부아를 돋웠다. 나는 극기 훈련을 온 사람이다, 라는 말을 주문처럼 외우며 참았다. 비극은 여기서 끝이 아니었다. 광진이 현지인 맛집이라며 앞장서서 들어간 식당마다 어찌나 불결해 보이던지 차라리 동네 중국 음식점에 가고 싶다는 생각을 하게 했으며, 극기 훈련을 겨우 견디고 나서 귀국하는 수단마저 여객선으로 예약했다는 말을 들었을 땐 인내심에 한계를 느껴 청도 시내 한복판에서 나도 모르게 큰소리를 질렀다.

"두 돌짜리 애를 데리고 열몇 시간 동안 여객선을 타자고?"

구질구질한 여행으로 이미 지칠 만큼 지친 후였다. 여기서 내가 만족스럽게 누릴 것이라고는 칭따오뿐이다, 하는 마음으로 밤마다 희준을 재워놓고 술을 퍼마셔서 내 컨디션도 엉망이었다. 희준은 감기 뒤끝이라 콧물이 줄줄 흘렀다. 비행기를 타고 간대도 힘들 판국에 여객선으로 귀국이라니. 암담했지만 내가 아무리 화를 낸다 해도 급하게 비행기 편으로 바꾸는 것은 쉽지 않아 보여 이번에도 참고 또 참았다.

"작은 여객선이 아니고 엄청 큰 크루즈야. 안에 식당이며 노래방이며 다 있고 공연도 한다니까? 아. 극장도 있대. 식당도 뷔페가 있고, 일반 식당도 있어서 골라 갈 수 있어. 불꽃놀이도 한다니까 희준이도 좋아할걸?"

싸울 기운도 없었다. 어차피 내 말은 듣지 않는 인간이니 그냥 입을 다물었다. 일단 나를 얼른 우리 집 침대로 데려다 놓기만 해주었으면 하는 생각과 다시는 저 인간에게 여행 계획을 일임하지 말아야지, 하는 다짐을 하며 항구로 가는 택시에 올랐다. 그렇지만 막상 청도항에서 우리가 타야 하는 지수호를 봤을 때는 광진이 여태까지 고른 것 중 그나마 나은 것이구나, 하는 쪽으로 생각이 바뀌었다. 국내에서 섬으로 여행 갈 때 타던 여객선이랑은 규모 자체가 다른 번듯한 크루즈였다. 영화에나 나올 것 같은 화려한 외양에 내심 기대도 되었는데 과연 크루즈 안에 들어왔을 땐, 처음 보는 호화스러운 내부에 입이 쩍 벌어졌다. 희준도 신기한 듯 눈을 크게 뜨고 방방 뛰었다. 우리의 표정을 본 광진은 기세등등해져 앞장서서 객실로 안내

했다.

객실은 바다가 보이는 창문이 있는 침대방이었다. 커다란 배의 규모와 번쩍거리는 선내 인테리어에 비해 내부는 의외로 작아 조금 실망했다. 그래도 침대는 깨끗해 보여서 일단 벌러덩 누워 있던 참이었다. 이른 더위에 끈적끈적해진 몸을 먼저 씻고 싶었지만 그럴 만한 기운이 남아 있지 않았다. 그 마음을 아는 듯 희준이 하품했다.

"엄마랑 잠깐 눈 좀 붙이자."

희준을 꼭 끌어안고 다시 누웠다. 잠깐 졸다가 눈을 떴을 땐 창밖으로 까만 바다와 하늘만 보일 뿐이었다. 희준은 아직 잠들어 있었다. 요의가 느껴졌다. 나는 희준이 깨지 않도록 살그머니 일어나 좁은 방을 둘러보았지만 화장실 문으로 보이는 것은 눈에 띄지 않았다.

"자기야, 근데 여기 화장실은 어디야?"

스마트폰을 들여다보던 광진이 고개를 들지도 않은 채 대꾸했다.

"응, 아까 보니까 나가서 오른쪽으로 쭈욱 가니까 있더라."

나는 광진의 말이 선뜻 이해가 되지 않아 되물을 수밖에 없었다.

"뭐? 나가야 화장실이 있다고?"

"응, 그 건너편이 샤워실이고."

"원래 배에는 화장실이 딸린 방은 없는 거야?"

"아니, 스위트룸부터는 안에 있는데 좀 비싸. 추가 요금이 우리 둘 합쳐서 한…… 13만 원?"

광진은 잠시 천장을 바라보았다가 스마트폰으로 시선을 돌렸다. 표정조차 바꾸지 않고 태연하게 대답하는 광진을 바라보는 내 속에서 불덩이 같은 것이 올라왔다. 피가 거꾸로 솟구치는 기분이었다.

"야, 이 미친놈아! 해외여행 와서 그 돈 아끼자고 화장실도 없는 방을 예약하니? 애 안고 땀 뻘뻘 흘리면서 다닌 아내 맘 편히 씻으라고 쓸 돈도 아깝디?"

기어이 욕이 나왔다. 광진은 기분이 나쁜지 억울하다는 듯한 표정으로 언성을 조금 높였다.

"아니, 그런 게 아니라 추가 요금 13만 원이면 어제 묵은 호텔비랑 별로 차이 안 나. 괌 말고 저렴한 여행지로 가자고 한 건 당신이야."

"뭐?"

시부모님과 동반 여행이 싫어서 낸 꾀에 내가 내 발등을 찍은 격이었다. 엉망신창이었던 일정 내내 그것 때문에 화도 못 내고 참고 또 참았다. 아무리 그래도 마지막 일정까지 돈 몇 푼을 아끼자고 어린애까지 있는데 이건 해도 너무했다. 청도 시내에서 머물던 깜짝 놀랄 만큼 후진 호텔도 최소한 화장실은 있었다. 두 돌짜리 아이를 데리고 화장실과 샤워실 없는 방에서 묵어야 하다니. 어찌나 화가 나는지 할 수만 있다면 저 검은 바다를 헤엄쳐서 혼자 집에 가고 싶었지만, 여행 내내 발목을 잡은 그놈의 저렴한 여행지 때문에 말문이 막혀버렸다.

"아, 몰라. 난 몰라. 난 못 하니까 당신이 희준이 씻기고 화장실 데려가. 나는 못 해!"

할 말이 없어진 내가 괜한 역정을 내자 광진이 동그란 눈으로 나를 바라보다 인상을 구겼다. 오히려 자기가 화가 나는 모양이었다.

"어, 그래. 내가 하면 되잖아. 너는 그냥 편하게 있어. 됐지?"

우리가 싸우는 소리에 희준이 깨어났다. 놀라 칭얼거리는 희준을 달래다 보니 저녁 먹일 시간이 지난 후였다.

"우리 희준이 배고파? 밥 먹고 싶어?"

밥 먹으러 가잔 말도 하기 싫어 아이를 어르면서 광진을 째려보았다.

광진이 웅얼거리듯 말했다.

"애 밥은 먹여야지. 가자."

둘만 있었다면 밥도 안 넘어갈 상황이지만 아이까지 굶길 수는 없어 서로 쳐다보지도 않고 말 한마디 없이 크루즈 비용에 기본으로 포함되어 있는 뷔페식당으로 갔다. 식당 입구 옆 복도에 커다랗게 'Dolce Vita Buffet Restaurant'이라고 쓰여진

화려한 간판이 붙어 있었다. "달콤한 인생은 개뿔!" 나도 모르게 혼잣말이 나왔다.

저녁 시간이 좀 지났는데도 뷔페식당엔 사람이 가득했다. 꽤 잘 차려진 뷔페라 평소라면 기분 좋게 먹었을 테지만 오늘은 영 입맛이 없었다. 자리가 몇 개 없어서 문 바로 앞에 있는 테이블에 겨우 자리를 잡고 음식을 가지러 갔다. 희준의 손을 잡고 급한 대로 희준이 먹을 만한 음식부터 몇 가지를 덜어 테이블로 돌아왔다. 잠시 후 광진은 접시 두 개 가득히 음식을 쌓아 돌아오더니 자기 앞에 놓고 우걱우걱 먹기 시작했다. 그 모습을 보고 있자니 조금 사그라졌던 부아가 다시금 치밀어 올랐다.

"애 보고 있는 아내 먹을 거 좀 갖다줘야겠단 생각은 안 들어? 나는 내가 먹을 거 덜어 올 손도 없는데?"

광진은 귀찮다는 듯 자기가 먹던 음식 접시 하나를 내 쪽으로 밀었다. 갈비찜과 편육, 동파육이 가득 담겨 있었다. 채식을 선호하는 내가 좋아하지 않는 음식들이었다.

"우리 이 크루즈에서 내리면 가정법원으로 바로 가자. 그냥 이혼하자고!"

광진은 입안 가득 넣은 고기를 우물거리며 대답했다.

"어, 그래. 도장 찍자, 도장 찍어!"

지금 이 상황에 같이 화를 내고 있는 저 인간에게 이 넓은 뷔페식당에서 소리를 지를까 말까 고민하는 사이, 배가 몹시 고팠던 희준이 앞에 놓인 접시를 당기다가 음식물과 함께 나자빠졌다. 하얀 바닥에 토마토스파게티는 벌건 내장처럼 쏟아지고 희준은 바닥에 누운 채 울기 시작했다. 나는 희준을 얼른 일으키고 황급히 냅킨을 집어 바닥에 널브러진 면을 접시에 주워 담았다. 저쪽에서 우리를 본 직원 한 명이 걸레라도 가지러 가는지 황급하게 어디론가 뛰어가는 것이 보였다. 광진은 이 와중에도 목구멍으로 고기를 쑤셔 넣는 중인지 도와주러 오지 않았다. 쭈그리고 앉아 쏟아진 토마토스파게티를 주워 담다보니 눈물이 나왔다.

"야, 너는 이 와중에 목구멍에 고기가 넘어가냐?"

참다못해 소리를 지르며 벌떡 일어났을 때 고기를 우적거리며 씹던 광진은 온데간데없고 먹다 남은 음식들을 흥건하게 적신 테이블 위의 검붉은 피가 눈에 들어왔다. 그리고 광진이 앉아 있던 테이블 너머에서 흉측스러운 덩어리가 들썩거리는 것이 보였다.

"어? 어디 갔, 어디……. 어……?"

말이 나오지 않았다. 테이블 반대편에서 들썩거리던 덩어리가 점점 부풀어오르더니 천천히 몸을 일으켰다. 그것은 머리와 긴 팔, 상대적으로 빈약한 다리가 있지만 절대 사람은 아닌 무언가였다. 알 수 없는 괴물, 분명 괴물이었다. 괴물이 고개를 젖히고 손에 들고 있던 것을 내던졌다. 사람의 팔이었다. 피투성이가 된 왼팔은 바닥에 떨어진 채 잠시 꿈틀대다가 멈췄다. 흥겨운 클래식 음악이 흐르는 뷔페식당 안의 사람들은 아직 이 불청객의 존재를 모른 채 시끄럽게 웃고, 떠들고, 먹기에 여념이 없었다.

입가를 손으로 훔친 괴물은 오른쪽을 바라보더니 눈앞에 놓인 음식을 바쁘게 주워 담고 있는 사람들을 향해 어기적거리며 걷기 시작했다. 육회를 접시에 담고 돌아서던 여자가 자신을 향해 걸어오는 괴물을 보고 놀라 멈칫했다. 이내 사색이 되어 괴물을 바라보던 여자의 입이 천천히 벌어지더니 찢어질 듯한 비명을 지르자 사람들의 시선이 일제히 여자를 향했다. 악을 쓰는 여자를 향했던 사람들의 시선이 방향을 바꿔 여자를 향해 달려드는 괴물 쪽으로 옮겨갔다. 사람들의 눈에 빠르게 놀람과 공포가 스며드는 것이 보였다.

식당이 아수라장이 된 것은 순식간이었다. 사람들은 음식 담던 접시를 내던지거나 먹던 자리에서 벌떡 일어나 사방으로 흩어졌다. 그사이 괴물의 입이 믿을 수 없을 만큼 위아래로 쫙 벌어지더니 육회 접시를 들고 비명을 지르던 여자의 머리를 한입에 넣었다. 귀가 따갑도록 이어지던 비명이 끊기면서 이내 사방으로 피가 튀었다. 머리가 사라진 여자의 몸이 그대로 뒤로 넘어가자 괴물이 그 몸뚱이를 깔고 앉아 어깨와 젖가슴을 물어뜯었다. 여자의 뒤집어진 치마 속 레이스 팬티 아래로 통통한 다리가 격렬하게 떨렸다. 나는 눈앞에 펼쳐진 지옥도가 현실 같지 않아 그저 멍하니 서 있을 수밖에 없었다.

"으아아아아앙!"

희준의 울음소리에 겨우 정신을 차렸다. 가만있다가는 나와 희준 모두가 저 여자처럼 될 것이 뻔했다. 자지러지도록 우는 희준을 번쩍 안아 들고, 사방을 살펴보았다. 패닉에 빠진 사람들이 갈피를 잡지 못하고 정신없이 식당 입구로 달려들어 서로 밀치고, 당기고, 넘어지고, 밟히며 엉켜 있었다. 아무리 생각해도 희준을 안고 저곳을 뚫을 수 있을 것 같지 않았다. 사방을 둘러보다 일단 괴물을 등지고 무작정 달렸다. 달리는 방향 오른쪽으로 은색 철문이 보였다. 내가 거의 다가갔을 때 아까 우리를 보고 안으로 들어갔던 직원이 대걸레와 손걸레를 양손에 들고 나오다가 이 아수라장을 보고 얼굴이 하얗게 질려 걸레를 떨어뜨리는 것이 보였다.

"문! 문! 문 좀!"

악쓰며 돌진하는 나를 보고 직원이 엉겁결에 문을 열었다. 열린 문 사이로 달려 들어가자 내 뒤로 몇 명의 사람이 더 들어오는 것이 느껴졌다. 숨이 턱까지 올라오고 손발이 벌벌 떨렸다. 뒤돌아보니 비명을 지르며 문을 향해 달려오는 몇 명의 사람 뒤로 몸에 피 칠갑을 한 괴물이 입을 우물거리며 다가오고 있었다. 괴물의 입가에서 사람의 손가락 같은 것이 바닥으로 툭 떨어졌다. 나는 악몽 같은 광경에 넋을 잃고 굳어버렸다.

"문 닫아!"

누군가가 고함치자 정신이 들었다. 남자 두 명이 잽싸게 달려들어 철문을 닫았다. 문을 향해 뛰어오던 몇 명의 사람이 "안 돼!"라고 외쳤지만 소용없었다. 닫히는 문 사이로 괴물의 바로 앞에서 달리던 소년 한 명이 어깨를 붙잡혀 머리를 뜯기는 모습이 보였다. 너무나 비현실적이어서 마치 영화의 한 장면처럼 느껴졌다. 철문이 철컥하고 닫히고 잠금장치를 돌리는 소리가 들리자 사람들의 입에서 안도의 한숨이 튀어나왔다.

철문 하나를 사이에 두고 생과 사가 완전히 갈렸다. 철문에 달린 작은 창 너머로 미처 들어오지 못한 사람들이 차례로 괴물에게 뜯기며 피가 솟구치는 모습이 생생히 보였다. 사람들의 끔찍한 비명이 귀를 파고들었다. 제발 열어달라고 손에 피가 맺히도록 문을 두들기던 남자의 눈물 콧물이 범벅된 얼굴이 작은 창에 붙어 있다가 저 멀리 패대기쳐졌다. 그 위로 괴물이 올라타고 머리를 한입에 넣는 모습을 보고 눈을 질끈 감았다. 눈을 떴을 땐 피로 적셔진 남자의 몸뚱이가 괴물의 밑에서 들썩였다.

떨리는 다리가 버티지 못하고 무너졌다. 바닥에 털썩 주저앉자 희준은 나의 가슴에 얼굴을 폭 파묻고 미동도 하지 못한 채 벌벌 떨고 있었다.

"뭐…… 뭐야, 저건?"

골프복을 입은 중년의 남자 한 명이 입을 열었다. 모두 얼이 빠진 표정으로 서로의 얼굴을 바라볼 뿐 해답을 알고 있는 사람은 아무도 없었다. 무사히 안으로 들어온 건 나와 희준, 걸레를 들고 오던 여직원, 중년 남자 한 명과 젊은 남자 두 명이었다. 그중 한 명이 입을 열었다.

"무슨 일입니까?"

"밖에 큰일이라도 났어요? 갑자기 이게 무슨……."

소리가 난 쪽으로 모두 고개를 돌렸다. 하얀 조리복을 입은 요리사들이 조리 기구를 든 채 갑자기 뛰어 들어온 우리를 보며 당황한 표정으로 물었다. 그 말을 듣고 주위를 보니 우리가 무작정 들어온 곳은 주방이었다. 아무도 선뜻 대답하지 못하자 요리사 여섯 명 중 두 명이 철문 근처로 가 바깥을 확인하고 비명을 질렀다.

"미…… 미친……. 저게 다 뭐야?"

곧 주방에 있던 모든 사람이 앞다투어 철문 근처에 가서 작은 창으로 식당에서 벌어진 상황을 보고 하얗게 질려 낮은 신음을 냈다.

"세상에……. 대체……. 무슨 일이……. 저건 다 뭐고……."

같이 뛰어 들어온 건장한 젊은 남자가 말했다.

"저게 무엇이건 사람을 잡아먹는다는 건 확실해요. 그리고 이 주방이 언제까지 안전할지 모른다는 것도 확실하고요."

여기저기서 낮은 탄식이 흘러나왔다. 젊은 남자의 추리닝은 음식과 피가 잔뜩 묻어 있었고, 손에는 뷔페 음식을 덜을 때 쓰는 긴 스푼이 들려 있었다.

"여기가 안전하지 않다니, 왜 그렇게 생각하죠?"

요리사 중 한 명이 묻자 추리닝을 입은 젊은 남자가 차분하게 대답했다.

"괴물이 문을 부수고 들어오지 못한다는 법이 없으니까요. 보셨다시피 사람 하나를 들어서 던질 정도의 괴력을 지녔어요. 머리통을 통째로 물어뜯을 정도고요. 우리가 여기 있는 걸 알게 되면 저 철문을 부수고 들어올 수도 있지 않겠어요?"

"저 괴물이 철문도 부술까요? 그 정도는 아닐 거 같은데."

내 질문에 추리닝을 입은 젊은 남자가 고개를 저었다.

"사람의 머리를 한입에 넣고 뜯어낼 정도의 힘이에요. 문을 부수지 못한다는 보장이 없죠."

그의 말처럼 괴물이 우리가 생각도 못 할 만큼 가공할 만한 힘을 갖고 있는 건 맞는 것 같았다. 사람 머리가 통째로 들어갈 만큼 입이 벌어졌다 해도 한번에 사람 머리가 뜯겨 나가는 건 보통의 힘으론 힘들 것 같았다. 나는 고개를 끄덕이며 조용히 입을 다물었다.

"그렇긴 하지만, 상황상 지금은 여기가 제일 안전하다고 봐야죠."

"기다리다 보면 구하러 오지 않을까?"

"여기서 열 시간 넘게 무작정 기다리자고요?"

골프복을 입은 중년 남자가 손가락으로 철문을 가리키며 목에 핏대를 세웠다.

"저 문밖으로 나가면 다 개죽음이야. 힘들게 이 안으로 들어왔는데 나가긴 어딜 나가? 열 시간이고 열흘이고 그냥 여기 있는 게 훨씬 안전하지."

"저 밖의 사람들을 다 먹어치우고 나면 여기로 쳐들어올 수도 있잖아요?"

"아니, 저 문을 못 부순다니까. 쇠로 튼튼하게 만들어졌잖아. 저걸 어떻게 부순다고 그래?"

사람들은 주방 안이 안전하다는 사람과 여기도 위험할 수 있다는 사람이 갈라져서 우후죽순 서로 말을 얹었다. 흥분한 사람들이 점점 언성을 높였다. 주방 안에서 기다리자는 사람과 밖으로 나가야 한다는 사람들이 편을 나눠 싸우기 직전, 추리닝을 입은 젊은 남자가 한쪽 팔을 휘저으며 사람들 가운데로 뛰어들어 입에 검지를 대고 쉿, 하는 소리를 냈다.

"조용히 하시라고요. 괴물이 듣고 철문을 부수면 어쩌려고요?"

그 말에 흠칫 놀란 사람들이 일시에 입을 다물고 서로의 얼굴을 바라보았다. 사람들이 진정되자 추리닝을 입은 젊은 남자가 목소리를 낮춰 요리사들을 향해 물었다.

“여기 저 철문 말고 다른 문은 없어요?”

사람들 뒤쪽에 서 있던 안경을 쓴 배불뚝이 요리사가 사람들 앞으로 나서며 작게 대답했다.

“식자재 들여오는 뒷문이 하나 더 있습니다.”

“그럼 그쪽으로 빠져나가죠.”

추리닝을 입은 젊은 남자가 앞장서며 말하자 몇 사람이 그를 따라 엉거주춤 걸음을 옮겼다.

“근데…….”

식당에서 같이 뛰어 들어온 젊은 남자 중 비쩍 마르고 안경을 쓴 왜소한 남자가 작은 소리로 그의 말에 제동을 걸었다.

“뒷문으로 나가면 밖이 안전하단 보장도 없잖아요? 아까 그 괴물이 어디서 나타난 건지도 모르지 않습니까?”

“식당 정문으로 들어왔어요.”

내 대답에 모든 사람의 시선이 나에게 쏠렸다.

“어떻게 알죠?”

“제가 그 식당 정문 바로 앞 테이블에서 밥을 먹고 있었어요. 남편이 문 앞에 앉아 있었는데…….”

너무 놀라고 무서워 잊고 있던 것이 비로소 실감이 났다. 광진은 죽었다. 죽고 못 살게 정다운 부부는 아니었다 해도 가정을 이루고 함께 의지하던 남편이 죽었다는 사실에 눈물이 왈칵 쏟아졌다. 내가 울자 조용했던 희준이 따라 울기 시작했다.

"쉿, 조용히 해. 울지 마, 뚝!"

당황한 나는 희준의 입을 우악스럽게 틀어막았고, 희준은 놀라 더 크게 울었다. 모두 표정이 험악했다. 밖으로 소리가 새어 나갈까 두려운 마음이야 나 역시 같았지만 터져버린 희준의 울음을 잦아들게 할 방법을 알 수가 없었다. 그저 사람들이 괴물이 아가리를 벌리고 어기적대는 철문밖으로 우리를 내보낼까 두려워 등줄기에서 식은땀이 흐를 뿐이었다.

"자, 이거 봐. 우리 이거 먹을까?"

여직원이 주머니에서 먹다가 서너 개 남은 네모 납작한 추잉 캔디를 꺼내 흔들었다. 희준이 좋아하는 거였다. 희준은 그 추잉 캔디를 받아 들고서야 울음이 잦아들었다.

"고마워요. 정말 너무 고마워요."

나는 구세주를 만난 것 같아 절이라도 하고 싶었다. 여직원은 사람 좋은 미소로 가볍게 고개를 까닥였다. 정말 친절한 여직원이었다.

"일단 식당 쪽 동태를 살펴봅시다. 괴물이 아직 거기 있다면 뒷문으로 빠져나가는 게 안전하지 않겠어요?"

배불뚝이 요리사가 제안하자 모두 고개를 끄덕였다. 우리는 살금살금 문 쪽으로 가 작게 난 창 너머를 살폈다. 피로 물든 식당 바닥에는 물어뜯기고 남은 신체의 일부분들이 널브러져 있었고 그 한가운데에서 무언가를 씹고 있는지 들썩이는 괴물의 뒷모습이 보였다. 그곳에 살아 있는 것은 오로지 괴물뿐이었다.

사람들은 고개를 끄덕이며 결연한 표정을 지었다.

"그래요. 뒷문으로 도망칩시다."

"그런데요."

비쩍 마른 왜소한 남자가 다시 한번 제동을 걸었다.

"지금 괴물이 식당에 있는 모든 사람을 먹어치운 것 같으니 조만간 밖으로 나오지 않을까요?"

"그러니까 저 괴물이 밖으로 나오기 전에 우리가 먼저 나가야지!"

골프복을 입은 중년 남자가 속삭이듯 언성을 높이자 요리사 중 한 명이 대답했다.

"그렇죠. 빨리 밖에 나가서 식당 문을 밖에서 잠가버리면 괴물이 저기 식당에 갇히지 않을까요? 그럼 밖은 안전할 거고."

사람들이 고개를 끄덕이며 호응했다. 긴장에 굳어 있던 사람들의 표정이 조금은 부드러워지는 것도 같았다. 문제는 누가 고양이 목에 방울을 달 것인가였다.

"청년들이 발이 빠르니까 젊은 남자 둘이 나가서 잽싸게 저기 식당 입구를 잠가버리라고, 응?"

골프복 중년이 간사한 표정으로 말하자 추리닝을 입은 젊은 남자는 작게 고개를 끄덕이며 추리닝 지퍼를 여몄지만 비쩍 마른 왜소한 남자는 못마땅한 듯 안경을 고쳐 썼다.

"젊다고 해서 발이 빠르다고 누가 그럽니까? 무슨 근거로 젊은 남자들에게 위험한 일을 당연하게 하라고 요구하는 거죠? 그 생각 자체가 양성평등에서 어긋난 거고, 꼰대적 발상이라고 생각 안 하세요?"

"아니, 아무리 그래도 늙은 우리보단 젊은 남자들이 훨씬 빠르지."

요리사들이 나서서 골프복을 입은 중년 남자의 말에 힘을 실었다.

"그럼 저기 애 안고 있는 아줌마가 해? 아니면 뾰족구두 신고 있는 연약한 아가씨가 하라고?"

"요즘 젊은이들은 참 저렇게 이기적이게 자기 생각만 하고 말이야."

골프복을 입은 중년 남자는 그들을 등에 업고 어깨를 뒤로 젖히며 비쩍 마른 왜소한 남자를 훈계했다.

"젊은 사람이 거, 경로우대 사상도 모르고. 대한민국 병장 출신이 이 정도도 못 하나?"

골프복을 입은 중년 남자의 말에 비쩍 마른 왜소한 남자의 얼굴이 벌겋게 상기되고 표정이 일그러졌다.

그는 억울한 듯 언성을 높였다.

"저 면제인데요. 체중미달로 군대도 못 갔습니다. 보시다시피 이렇게 마르고 기운이 없어서."

잠시 정적이 흘렀다. 난감했다. 추리닝을 입은 젊은 남자를 제외하고는 아무도 굳이 위험한 일에 나서고 싶지 않은 듯 서로 눈치만 볼 뿐이었다. 나는 희준을 꼭 안고 혹시라도 불똥이 튈까 싶어 고개를 돌렸다.

"제가 갈게요."

정적을 깬 것은 여직원이었다. 모두 놀란 눈으로 여직원을 바라보았다. 강단 있게 생긴 여직원은 굽이 있는 신발을 벗고 폭이 좁은 스커트의 옆 선을 양손으로 잡더니 거침없이 뜯어 활동 폭을 늘렸다.

"중학생 때 육상부였어요. 이곳 구조도 제가 제일 잘 알고요."

여직원이 미소를 지으려는지 입꼬리를 올리려 했지만 쉽지 않아 보였다. 나머지 사람은 여직원의 흔들리는 눈동자를 보고도 모른 척하며 고개를 돌려 헛기침을 했다. 젊은 남자의 희생을 강요하지 말라던 비쩍 마른 왜소한 남자도 막상 여직원이 나서자 민망한지 사람들 뒤로 빠졌다. 사람들은 머쓱한 표정으로 과장된 칭찬을 한마디씩 던졌다. 그들의 얼굴에는 약간의 비굴함과 안도감이 언뜻 보이는 것 같았다.

여직원이 긴장된 얼굴로 주방장이 내준 열쇠를 받아 들었다. 아까도 빛나 보이던 여직원의 단정한 얼굴과 추리닝을 입은 젊은 남자의 듬직한 어깨가 꽤나 믿음직스러웠다. 머쓱한 표정의 사람들을 뒤로하고 추리닝을 입은 젊은 남자와 여직원이 뒷문으로 향했다. 조심스럽게 뒷문을 열자 복도에는 도망치는 사람들이 떨군 것으로 보이는 신발짝이나 가방 같은 것만 몇 개 뒹굴고 있을 뿐, 기분 나쁠 만큼 고요했다. 남은 사람들은 밖으로 나서는 그들을 향해 양 주먹을 말아 쥐고 작게 파이팅을 외쳤다.

나 역시 그들의 임무 완수를 빌며 작게 속삭였다.

"조심해요."

그들은 고개를 돌려 우리를 향해 결연한 표정을 짓더니 이내 달리기 시작했다. 육상선수였다는 말이 무색하지 않을 정도로 재빠른 여직원이 맨발로 사뿐하게 추리닝을 입은 젊은 남자를 앞질러 문 쪽으로 달려갔다. 요리사 두 명은 철문의 작은 창을 통해 괴물이 활보하는 식당 안의 상황을 공유했고, 나머지는 뒷문 쪽에서 고개를 빼고 두 사람을 응원하는 마음으로 지켜봤다. 그들이 식당의 문 앞에 다다랐을 즈음에 작은 창으로 감시하던 요리사 두 명이 다급하게 속삭였다.

"봐…… 봤어. 일어서고 있어! 얼른! 서둘러!"

뒷문 쪽에 붙어 있는 사람들이 속삭이듯 소리를 질렀다. 다들 화들짝 놀라 두 사람에게 작은 소리로 "빨리, 빨리."라고 속삭였다. 두 사람이 문 앞에 서서 양쪽으로 여는 문의 손잡이를 하나씩 잡았다. 그사이에도 괴물은 점점 문 쪽으로 가까워졌다. 지켜보는 사람들의 속이 타들어갔다.

"이쪽으로 괴물의 관심을 돌려보죠."

비쩍 마른 왜소한 남자가 말하자 그 말을 알아들었다는 듯 식당 쪽 주방문에 달라붙어 있던 사람들이 괴물을 향해 소리쳤다.

"야, 이 새끼야! 여기다, 여기! 이쪽이야! 어이!"

큰 소리를 지르며 철문을 두들겼지만 괴물은 이쪽은 관심도 없다는 듯 식당 문을 향해 계속 걸었다.

"안 들리냐? 이 개새끼야!"

목이 쉴 정도로 고함을 지르는 사람들의 어깨를 잡은 건 비쩍 마른 왜소한 남자였다. 비쩍 마른 왜소한 남자는 소용없다는 듯 고개를 저었다.

"저 괴물은 아무래도 듣지 못하는 거 같아요."

맥이 빠진 사람들이 입을 다물고 숨죽여 창밖을 바라보았다. 우리는 꽉 쥔 주먹에 땀이 축축해지도록 긴장한 상태로 두 사람을 응원했다. 다행히 괴물이 문밖으로 나오는 것보다 두 사람이 문을 닫는 속도가 더 빨랐다. 간발의 차로 두 사람은 문을 닫는 데 성공했다. 불과 몇 초 차이였다.

철문이 닫히자마자 쿵, 하는 굉음과 함께 철문이 덜컹거렸다. 두 사람은 온몸으로 문을 밀어 문을 두들기는 괴물의 힘을 막았다. 열쇠 구멍에 열쇠를 끼우는 여직원의 손이 덜덜 떨리는 것이 보였다. 괴물의 몸부림에 문이 덜컹거려서 열쇠는 쉽게 열쇠 구멍 안으로 들어가지 못하고 몇 번이나 미끄러지다가 겨우 들어갔다. 찰칵하는 잠금장치 소리가 났다. 괴물이 괴성을 지르며 철문에 몸을 부딪치는 소리가 복도를 울렸으나 이제 끝이다 싶어 안도의 한숨이 나왔다. 잔뜩 긴장한 두 사람이 천천히 철문에서 몸을 떼고 우리를 향해 이를 드러내고 웃자 주방 안에서 숨죽여 지켜보던 사람들이 화답하듯 두 사람에게 미소를 보냈다.

아까까지만 해도 비굴하게 뒤로 빠지던 골프복을 입은 중년 남자가 호들갑을 떨며 복도로 성큼 나섰다.

"그럼 이제 밖으로 나가봅시다. 아, 진짜 내가 다 손에 땀이 났다니까. 십년감수했네."

추리닝을 입은 젊은 남자와 여직원이 우리를 향해 걸어오는 것을 보며 자기가 뭐라도 되는 듯 두 사람을 향해 과한 몸짓을 하며 거들먹거렸다.

"이야, 대한민국 청년이 이 정도는 되어야지. 누구랑은 다르게 아주 훌륭한 젊은이들이야. 저런 청년들 덕에 한국의 미래가 아주 밝아. 내가 한국에 도착하면 두 사람에게 큰 상을 줄 생각이야. 내가 이래 봬도 좀 잘나가는…….”

골프복을 입은 중년 남자의 말이 채 끝나기 전에 찢어질 듯한 여직원의 비명이 그의 말을 덮었다. 우린 영원히 골프복을 입은 중년 남자가 어떤 사람인지는 들을 수 없었다. 순식간에 그의 머리가 사라졌기 때문이다. 그의 목에서 피가 분수처럼 솟구쳤고, 이내 볼품없는 몸뚱이가 복도에 대자로 쓰러졌다. 몸뚱이 위로 식당에 있던 괴물과 비슷하게 생겼지만, 덩치가 더 큰 괴물이 커다란 입을 벌리고 달려들었다. 여직원과 추리닝을 입은 젊은 남자가 사색이 되어 뒷걸음질 치다 자신들이 잠가놓은 문에 가로막혔다. 그들은 괴물이 골프복을 입은 중년 남자의 몸뚱이에 올라타 뱃속의 내장을 헤집어 물어뜯느라 정신없는 틈을 노려, 뒷문을 향해 달리기 시작했다.

“문 닫아!”

누군가의 외침에 다들 황급히 식당 안으로 들어갔다. 비쩍 마른 왜소한 남자가 전에 없이 재빠른 동작으로 식당 뒷문을 닫았다. 철컥하는 소리와 함께 잠금장치 돌아가는 소리가 들리고, 등에는 식은땀이 흘렀다. 문이 닫히기 직전에 본 추리닝을 입은 젊은 남자와 여직원의 공포에 질린 얼굴이 눈에 어른거렸다. 안도감에 뒤이어 죄책감이 따라오기까지는 그리 많은 시간이 걸리지 않았다. 식당 안으로 들어온 사람들은 서로의 얼굴을 외면했다.

“안 돼”“문 열어” 등의 소리가 희미하게 문밖에서 윙윙댔다. 놀란 희준이 자지러지는 울음소리를 내고, 나는 희준의 입을 막았다. 막은 손 사이로 속절없이 빠져나가는 희준의 비명과 복도에서 들려오는 추리닝을 입은 젊은 남자와 여직원의 비명이 섞였다. 뒷문에는 창이 없어 복도의 상황을 알 길이 없었다. 다만 한참이나 들리던 끔찍한 비명이 완전히 사그라진 후에야 이제 세 사람 모두 이 세상 사람이 아니겠구나, 하는 짐작만이 가능할 뿐이었다. 소름 끼치는 정적 속에서 희준이 악을 쓰며 우는 소리만 가득했다. 우는 희준을 달래줄 여직원은 이제 없었다.

식당에 괴물을 가두면 모든 것이 해결될 줄 알았던 사람들은 넋이 나간 듯 멍했다. 그리고 괴물은 소리를 듣지 못한다는 것을 조금 전에 알게 되었으므로, 아까처럼 희준을 조용히 시키라는 듯한 압박도 없었다. 나도 내 다리를 붙들고 우는 희준을 내버려두었다. 절망만이 가득한 공간이었다. 이제 여기 남은 것은 요리사 여섯 명과 비쩍 마른 왜소한 남자, 나 그리고 희준뿐이었다.

주방장인 듯한 초로의 요리사가 말했다.

“지금 시간이 11시쯤이니까……. 그래도 열 시간쯤 버티면 한국 도착이에요. 도착하면 어쨌든 우리를 구해줄 누군가가 올 겁니다. 그러니 이 안에서 어떻게든 버텨봅시다."

"그럽시다. 주방 안이 제일 안전한 거 같으니."

"열흘도 아니고, 열 시간이면 뭐……."

모두 그 이야기에 조금 진정이 된 듯 여기저기 자리를 잡고 털썩 주저앉았다. 나도 우는 희준을 안은 채 벽 한쪽에 등을 기대고 자리를 잡았다. 배에서 꼬르륵하고 요란한 소리가 들렸다. 그제야 나는 점심 식사 이후 음식을 전혀 먹지 못한 상태라는 것이 생각났다. 생사가 오가는 상황에도 배는 고프다니 헛웃음이 나왔다. 내 기분과는 상관없이 한번 울린 배꼽시계는 염치도 모르고 계속해서 울려댔다. 아무것도 먹지 못한 희준도 분명 배가 고플 터였다. 식당이니까 뭐라도 먹을 게 있지 않을까 싶은 마음에 일어서려는데 비쩍 마른 왜소한 남자가 주위를 두리번거리며 말했다.

"잠깐만요! 어디서 타는 냄새 안 나요? 아까부터 눈도 맵고……."

"어? 그러고 보니…… 뭐가 타는 모양인데?"

사람들이 코를 킁킁대며 주위를 두리번거렸다. 여러 개의 화구에 놓인 냄비나 웍 중 가장 안쪽에 놓인 웍에서 유증기가 올라오고 있었다.

"가스불 안 끈 사람 누구야?"

주방장이 소리를 지르자 배불뚝이 요리사가 투덜대며 일어났다.

"아니, 끈다고 껐는데 다 안 꺼진 모양이네……. 갑자기 사람들이 피범벅이 되어서 쏟아져 들어오니 정신이 없어서 그랬지."

모두 그 불만 끄면 될 줄 알았다. 불을 끄고 한국에 도착할 때까지 버티기만 한다면 무사히 집에 돌아갈 것이라고, 그렇다면 이 지옥 같은 크루즈에서 무사히 탈출할 것이라고 생각하고 있었다. 하지만 오늘 행운의 여신은 우리를 향해 웃어주지 않았다.

배불뚝이 요리사가 화구에 거의 다다랐을 때 달궈진 웍 안에 불이 붙었다. 놀란 배불뚝이 요리사가 얼른 가스불을 끔과 동시에 후드 쪽에서 거품 같은 것이 화구 근처에 분사되었다. 솟구쳤던 불길이 사그라졌다.

배불뚝이 요리사가 큰 소리로 욕을 했다.

"아, 씨발. 간 떨어질 뻔했네."

자리에 앉아 있던 사람들의 입에서도 작게 욕이 튀어나왔다. 나 역시 진화되어가는 불을 바라보며 가슴을 쓸어내렸다. 안도하는 것도 잠시, 갑자기 천장에서 우당탕하는 소리가 났다. 그 소리는 환풍구를 타고 점점 가까워지더니 튀김기 위에서 팔뚝만큼 커다란 무언가가 뚝 떨어졌다.

순식간에 생긴 일이었다. 튀김기 안에서 뜨겁게 달궈진 기름이 사방으로 튀었다. 바로 옆에 서 있던 배불뚝이 요리사는 기름을 잔뜩 뒤집어쓰고 속절없이 나가떨어졌다. 설상가상으로 화구 쪽으로 튄 기름이 덜 진화된 불씨를 살려 다시 큰 불꽃이 일었다. 기름통에 떨어진 것은 괴성과 함께 기름통 밖으로 튀어나와 정신없이 돌아다니다 우리가 서 있는 곳 바로 앞에서 푹 고꾸라졌다. 배불뚝이 요리사도 화염에 휩싸인 채 우리를 향해 안간힘을 쓰고 다가왔다.

"사, 살려줘……."

모두 자리에서 일어났다. 사람들이 뒷걸음질 쳤지만 배불뚝이 요리사는 멈출 생각이 없어 보였다. 그대로 우리를 덮칠까 싶어 다들 팔을 휘저으며 결사적으로 소리쳤다.

"오지 마!"

"저리 가요! 아, 씨발, 저리 가라고!"

다행히 배불뚝이 요리사는 불과 몇 걸음을 남겨놓고 우리 앞에 털썩 쓰러졌다. 그는 몇 번 크게 꿈틀거리더니 이내 꼼짝도 하지 않았다. 그제야 몇 명의 요리사가 윗옷을 벗어 찬물을 적신 후 배불뚝이 요리사 위에 덮어 불을 껐다. 고기 굽는 냄새가 사방에 진동했다.

"스프링클러가 왜 작동을 안 하죠?"

내가 묻자 주방장이 대답했다.

"주방엔 스프링클러가 없어요. 불을 쓰는 공간이라 오작동

되기 쉬우니까요. 게다가 지금처럼 기름에 불붙은 상황에 물을 끼얹으면 불이 순식간에 번져요. 아까 후드에서 작동한 자동 약제 방출 시스템이 있긴 있는데, 불을 다 진화하기 전에 저 이상한 게 환풍구에서 떨어지는 바람에…….”

모두의 시선이 그 이상한 것으로 향했다. 그리고 다들 작은 비명을 삼켰다. 환풍구에서 떨어진 팔뚝만 한 것은 팔뚝만할 수밖에 없었다. 기름에 튀겨진 사람의 팔이었기 때문이다. 벌겋게 익고 여기저기 수포가 생긴 팔은 오금 부위에 입 구멍이 뚫리고, 그 사이에 작고 날카로운 이빨이 보였다. 그리고 낯익은 무언가가 네 번째 손가락에 끼워져 있었다. 내 손에 끼워진 것과 세트였던 결혼반지였다. 숨이 제대로 쉬어지지 않았다.

“이럴 수가……. 이건 아까 죽은 제 남편 팔이에요. 어떻게…… 팔만 돌아다니는 거죠? 이 이빨은 또 뭐고…….”

비쩍 마른 왜소한 남자가 어디선가 긴 집게를 가지고 와서 광진의 팔, 그러니까 그냥 팔은 아니고 괴물이 된 광진의 팔을 툭툭 건드려보았다. 혹시라도 갑자기 튀어오를까 싶어 모두 질겁했지만 뜨거운 기름에 튀겨진 팔 괴물은 미동조차 하지 않았다. 비쩍 마른 왜소한 남자가 검지로 안경 코 받침을 들어 올렸다.

“괴물이 뜯어먹고 남은 신체가 괴물이 될 수 있다는 거네요. 그리고 그 작은 괴물이 환기구를 통해 주방에 들어올 수도 있다는 얘기고요. 뜨거운 기름으로 죽일 수도 있어요. 끓는 물은 어떨지 모르겠네요. 무엇보다 지금 불붙은 이 주방은 더 이상 안전하지 않아요. 밖으로 나가야 합니다."

비쩍 마른 왜소한 남자가 탐정이라도 된 듯이 말하자 주방장이 반박했다.

"그럼 괴물이 있는 밖에 나가서 물어뜯겨 죽어?"

"타 죽으나 뜯겨 죽으나 어차피 죽어요. 그래도 한꺼번에 밖에 나가면 우리 중 한두 명은 살 수도 있잖아요!"

비쩍 마른 왜소한 남자의 반박에 다들 입을 다물었다. 여기에 그대로 있다간 다 불에 타 죽을 것이 뻔했다. 환기 시스템이 다 해결하지 못한 유독가스와 살이 타들어가는 연기로 숨쉬기도 어려워 여기저기서 콜록대기 시작했다. 설상가상으로 주방 한구석에 쌓여 있던 종이 상자에 불이 옮겨붙은 건 순식간에 일어난 일이었다.

우리가 망설이는 사이 불은 착실히 부피를 불려가고 있었다. 밖에 나간다면 우리 중 한두 명은 살아남을 수도 있다는 비쩍 마른 왜소한 남자의 말은 누군가 잡아먹히는 틈을 타서 도망칠 수 있다는 말과 같았다. 그 말은 설득력이 있으면서도 내가 먹히는 쪽이 될지 살아남는 쪽이 될지 알 수 없어 선뜻 용기를 낼 수 없었다. 하지만 선택의 여지 또한 없었다.

"아, 이러다 다 타 죽겠어요."

"그래, 몰살보단 한 명이라도 사는 게 낫지."

"일단 무기가 될 만한 것들을 하나씩 집어 듭시다."

요리사 중 한 명이 커다란 칼을 집어 들며 말하자, 모두 주위에 있는 조리 도구 중에서 자신에게 적당한 것을 찾아 들었다. 모두 칼을 골라 단단히 말아 쥐었다. 하지만 나는 희준을 안고 뛰어야 하기에, 넘어졌을 때 칼에 희준이 다치는 위험을 감수할 수 없어 긴 국자를 들었다. 식당 쪽 문은 이미 불길에 휩싸여 있는 데다 성난 괴물이 입을 벌리고 있으니 주방 뒷문 쪽으로 나가야 했다. 문 앞에서 다들 멈칫대며 눈치를 보았다. 아까 용감하게 앞장서 문을 닫으러 갔던 사람들이 어떻게 되었는지 잘 알기에 선뜻 나서는 자가 없었다. 망설이는 사이 불이 점점 번지며 우리를 위협했다.

"우리 가위바위보로 정합시다. 예외 없고 단판으로, 무르기 없기!"

요리사 한 명이 말을 꺼내자 모두 고개를 끄덕였다. 나는 동의할 수 없었다.

"저한테는 어린아이가 있어요. 저는 제외해야죠."

나는 희준을 꽉 끌어안고 최대한 불쌍한 표정을 지었다. 사람들의 시선이 싸늘했다.

나는 어떻게든 뒷 순서를 얻어보려고 필사적으로 항변했다.

"그래도 아이를 안고 뛰어야 하는 사정은 좀 봐줘야 하는 거 아니에요? 게다가 저만 여자니까 아무래도 다른 사람들보다 배는 힘들 텐데…….”

비쩍 마른 왜소한 남자가 정떨어지는 말투로 울먹이는 나에게 일갈했다.

“괴물은 남자, 여자, 아이를 가리지 않아요. 사연 없는 무덤은 없는 법이죠.”

그러자 너도나도 끼어들어 한마디씩 보탰다.

“관절염이 있어서 절뚝거리는 나도 빼야지, 그럼.”

“나도 가족이 있어요. 태어난 지 이제 막 백일 지난 딸이 기다린다고요.”

“나는 처자식에 노모까지 올망졸망 나만 바라보는 가장입니다!”

험악해진 분위기에 눈물이 핑 돌았다. 야속했지만 붙들고 하소연할 사람도, 의지할 사람도 없었다.

“아, 아줌마! 얼른 가위바위보나 해요. 우리 이러다 다 타 죽겠어요. 얼른!”

그 말대로 불길은 금방이라도 모두를 태울 것처럼 넘실댔다. 뜨거운 열기로 모두가 땀을 뻘뻘 흘렸고 점점 심해지는 연기가 호흡을 가쁘게 했다. 겁에 잔뜩 질린 희준은 내 품을 파고들면서 기침을 연신 해댔다. 나는 울고 떼를 쓴다고 해도 달라질 게 없을 분위기라 체념했다. 여러 번의 가위바위보 끝에 결정된 제일 먼저 나갈 사람은 가위바위보를 제안한 요리사였다. 그의 표정에는 낭패감이 가득했지만 자기 입으로 단호하게 말한 '무르기 없기!'라는 족쇄에 걸려 아무 말도 하지 못했다. 나는 네 번째 순서였다. 그래도 네 번째라 다행이란 생각을 하며 희준을 들쳐 업고, 걸치고 있던 셔츠를 포대기처럼 단단히 묶었다. 그사이 불은 더욱 맹렬하게 우리를 위협했다. 잠시라도 지체할 수 없었다.

"얼른 엽시다, 좀!"

"자꾸 시간 끈다고 달라질 것 없어. 얼른 나가!"

사람들의 성화에 제일 첫 번째 순서가 된 요리사가 울상이 된 표정으로 손잡이를 돌렸다. 그리고 눈을 꽉 감고 숨을 고른 뒤 문을 열었다. 천천히 열린 문 사이로 피범벅이 된 복도가 보였다. 요리사가 복도로 나서기도 전에 열린 문틈으로 산소가 공급되며 불길이 확 번졌다. 제일 뒤에 서 있던 사람의 등에 불이 붙는 바람에 놀라 앞에 있는 사람을 밀쳤다. 그러자 사람들이 차례로 앞으로 밀리며 균형을 잃었다.

제일 앞에 있던 요리사가 복도로 고꾸라지고 바로 뒤에 있던 비쩍 마른 왜소한 남자가 사람들에게 떠밀려 그를 밟으며 밖으로 뛰어나가자 복도에 서성대던 괴물이 이쪽을 보았다. 괴물은 어기적어기적 걸어와 비쩍 마른 왜소한 남자의 어깨를 붙잡았다. 아까보다 더 커진 몸집의 괴물이 천천히 입을 벌려

소리조차 지르지 못하고 하얗게 질려버린 비쩍 마른 왜소한 남자의 머리를 통째로 물어뜯었다. 괴물이 좌우로 머리를 흔들어대자 미지근한 피가 사방으로 뿌려졌다. 내 얼굴은 온통 피범벅이었지만 눈을 떠야 살 수 있었다. 손으로 얼굴에 튄 피를 닦아내고 눈을 부릅떴다. 머리통이 사라진 비쩍 마른 왜소한 남자의 사지가 괴물의 양팔에 붙잡힌 채 공중에서 부르르 경련을 일으키는 것이 눈에 들어왔다.

비쩍 마른 왜소한 남자가 괴물에게 물어뜯기는 사이 엎어졌던 요리사가 허둥지둥 몸을 일으키려 했지만, 둔한 몸뚱이를 가진 그는 쉽게 일어나지 못했다. 그러자 내 앞에 서 있던 관절염 요리사가 엉덩이를 쳐들고 있는 그를 옆으로 밀쳤다. 그는 또다시 속절없이 나자빠지고, 관절염 요리사는 그 틈을 타 식당 입구 반대편 복도로 절뚝거리며 뛰어갔다. 나 역시 왼손으로는 희준의 엉덩이를 받치고 오른손으로는 국자를 들고 앞뒤로 열심히 흔들며 관절염 요리사의 뒤를 따랐다.

뒤에 남아 있는 사람들이 어떻게 되었는지 뒤돌아볼 여유 따위는 없었다. 그저 정신없이 달렸다. 얼마나 열심히 달렸는지 몇 초 되지도 않아 관절염 요리사를 앞질렀다. 복도에는 입과 이빨을 가진 손가락이나 귀 같은 작은 괴물이 사방으로 정신없이 몰려다녔다. 미처 피하지 못하고 내 발에 밟힌 귀 괴물이 "께에에엑" 하며 괴성을 질렀고, 나는 무릎이 꺾여 복도를 뒹굴었다. 희준은 다친 건지, 놀란 건지 끔찍한 비명을 지르며 울어댔다.

나는 서둘러 일어났다. 아무 생각도 하지 않고 등 뒤에서 귀가 따갑도록 울어대는 희준과 함께 다시 달렸다. 뒤쪽에서 누구인지 알 수 없는 남자의 비명과 무언가 뜯겨 나가는 소리가 들려왔다. 익숙한 소리였다. 오늘만 해도 수없이 들은 뼈와 살점이 뜯기는 소리. 뒤돌아보지 않고 뛰었다. 나와 희준만 아니라면 그게 누구라도 상관없는 일이었다. 아까 넘어질 때 발목을 삐었는지 오른쪽 복숭아뼈 근처가 찌릿하게 아파 다시 넘어질 뻔했지만, 여기서 넘어지면 정말 끝장이었다. 아랫입술을 꽉 물고 통증을 참았다.

저 앞에 편의점이 보였다. 안타깝게도 편의점은 오픈형 매장이었다. 전력으로 뛰면서도 빠르게 주위를 훑었다. 왼편으로 카페가 보였다. 카페 안으로 들어가 문을 잠글 수 있다면 일단 한숨 돌릴 수 있을 것이다. 노후에 쓸 기력을 차용할 수 있다면 지금 10년 치만 빌려 오고 싶었다. 젖 먹던 힘까지 짜내어 문손잡이에 손이 닿는 순간, 머리 위에서 벌건 핏덩이 같은 것이 뚝 떨어졌다. 내려다보니 심장으로 보이는 것이 뻥 뚫린 입을 벌리고 작고 뾰족한 이빨을 발칙하게 드러냈다. 심장 괴물은 다리도 없어 뛰지도 못하는 주제에 나를 물어뜯을 듯이 "케에엑" 하는 괴성을 냈다. 나는 손에 들고 있던 국자를 휘둘러 가소로운 심장을 멀리 날려버렸다. 그것은 날아가면서도 작고 끔찍한 비명을 질렀다. 등 뒤에서 또 다른 누군가의 비명이 들렸다. 꽤 가까운 거리였다. 저 뒤에 누군가 뛰어오고 있다면 나와 다른 방향으로 뛰기를, 그리고 괴물이 그 사람을 따라가기를 간절히 빌었다.

누군가의 처절한 외침이 귀를 찢을 듯 들려왔다.

"저리 가, 이 개새끼야! 오지 마!"

괴물이 커다란 입을 벌려 머리를 통째로 삼켜버리는 모습이 뇌리에 떠올랐다. 목이 뜯겨 나가는 소리가 진짜로 내 귀에 들리는 건지 내 머릿속에서 상상한 것인지 구별할 수 없었다. 그저 나와 희준이 카페로 들어가 안전하기를 바라며 양손으로 문을 힘껏 밀었다. 카페 안으로 재빨리 몸을 밀어 넣고 문을 닫아 잠금장치를 돌렸다. 손이 떨려서 쉽게 돌아가지 않았다.

철컥.

구원 같은 소리가 내 귓가를 울렸다. 문 위쪽 절반은 안이 들여다보이는 투명 창이어서 바닥에 주저앉아 몸을 숨기고, 턱까지 치받은 숨을 헐떡였다.

"괜찮아. 이제 괜찮아, 희준아. 살았으니까 됐어."

가쁜 숨을 몰아쉬며 희준의 이마에 입을 맞췄다. 눈물이 터져 나왔으나 지금은 눈물도 사치일 터였다. 더 안전한 곳을 찾아야 했다. 안쪽에 창고 같은 것이 있다면 그곳이 더 안전할 것 같았다. 희준을 품에 안고 카페 안쪽으로 몸을 돌려 주변을 둘러보았다. 이상할 만큼 고요하고 어딘가 어색했다. 사람은 눈에 띄지 않았다. 눈에 보이는 것은 여기저기 난장판이 된 테이블과 의자, 그 위를 흥건히 적시고 있는 피 그리고 함부로 나뒹구는 사람의 팔이나 다리 같은 것이었다. 그중 몇 개는 작고 뾰족한 이빨을 드러낸 채 높은 톤으로 괴성을 지르며 뛰어다니거나 굴러다녔다. 저쪽에서 손가락 괴물이 귀 괴물에게 달라붙어 입을 크게 벌리는 것이 보였다.

카운터 안쪽에서 몸을 들썩이던 것이 천천히 몸을 일으켰다. 입에는 사람의 다리를 물고 온몸이 피범벅이 된 채로. 커다란 입에서 피와 침이 섞여 흘렀다. 입에 물고 있던 다리를 집어던진 그것이 천천히 몸을 돌렸다. 그리고 나와 희준을 보고는 그 큰 입을 벌려 괴성을 냈다. 나는 뒷걸음질 쳤으나 꽉 잠긴 카페의 문이 등에 닿았다. 고개를 들어 위쪽을 보니 문 위쪽 유리에 괴물이 달라붙어 "끄어어억!" 하는 괴성을 내고 있었다.

카운터 안쪽에 있던 괴물이 허우적대며 카운터 위로 기어올라 이쪽으로 넘어왔다. 그것은 천천히 우리를 향해 걸으며 입을 쩝쩝댔다. 문밖 괴물이 괴성을 지르며 문을 두들겨대자 강화유리에 조금씩 금이 갔다.

나는 희준의 손으로 희준의 눈을 가리고 내 눈을 질끈 감았다. 그리고 낮게 속삭였다.

"쉿. 이건 꿈이야, 희준아. 이제 눈 감고 한숨 자자. 엄마랑 한숨 자고 일어나면 꿈에서 깰 거야. 아무 일도 없을 거야, 아무 일도……."

감은 눈에서 자꾸만 눈물이 나왔다. 무언가가 내 어깨를 잡는 것이 느껴졌다. 몸이 붕 떠오르고 희준이 찢어질 것 같은 비명을 지르며 내 허리를 꽉 끌어안았다. 눈을 떴다. 괴물의 커다란 입이 점점 벌어졌다.

"쌍……. 그냥 시부모님 모시고 괌에 갈 걸 그랬어……."

일순간 희준의 소리가 들리지 않았다. 암흑이 찾아왔다.

홍정기

괴물의 요리사

홍정기

네이버 블로그에서 '엽기부족'이란 닉네임으로 장르소설을 리뷰하고 있는 리뷰어이자 소설가. 추리와 SF, 공포 장르를 선호하며 장르소설이 줄 수 있는 재미를 쫓는 장르소설 탐독가. 2022년 계간 미스터리 봄·여름호에서 「백색살의」로 신인상 수상. 2022년 연작단편집 『전래 미스터리』 발표. 2024년 연작단편집 『초소년』 발표, 한국추리문학상 신예상 수상.

어려서부터 요리하기를 좋아했다. 초등학교 3학년. 부모님은 내가 만든 달걀프라이를 보며 손재주가 아주 좋다며 엄지를 추켜세웠다. 노른자를 깨뜨리지 않고 흰자는 바삭하게 구워낸 서니사이드업 스타일의 달걀프라이였다. 부모님이 내가 만든 음식을 환한 얼굴로 먹어주는 모습을 보며 나는 언젠가 요리사가 되어야겠다고 마음먹었다.

그 뒤로 14년이 흘렀다. 하루도 요리사의 꿈을 포기한 적은 없다. 손에 불기가 마를 날이 없을 정도로 요리에 배진했다. 그렇게 요리 특성화고에 진학했고, 호텔조리학과로 나름 명성이 있는 천일대학교에 입학했다. 집안 형편상 해외 유학은 포기했지만, 남들에게 뒤지지 않을 정도로 열심히 공부했다. 그렇게 1, 2학년 내내 우수한 성적을 얻을 수 있었다. 나의 노력을 교수님도 알아준 걸까. 교수님은 나에게 방학 중 괜찮은 실습 자리를 제안했다. 마다할 이유가 없었다. 나는 그 자리에서 바로 실습을 수락했다.

지수호.

이 여객선이 내가 3학년 여름방학 동안 머무르게 될 곳이었다. 인천과 중국 청도를 오가는 호화 여객선이었다. 교수님은 바로 이 여객선의 식당을 책임지는 주방 보조로 나를 추천해준 것이다. 처음 지수호를 보며 5층에 달하는 거대한 위용에 넋을 잃고 말았다. 바다 위에 떠오른 호텔이라니, 내게는 더없이 매력적인 자리가 아닌가 생각했다. 요동치는 가슴이 멈출 줄을 몰랐다.

*

헬기가 망망대해 속 한 점을 향해 나아간다. 귀가 먹먹한 소음 속에서 희미했던 점이 점차 거대해지면서 수수께끼 같았던 위용을 드러냈다.

지수호. 정원 850명. 5층으로 이루어진 거대 여객선.

X월 X일 중국 산동성 청도항 여객터미널을 출발하여 인천항 국제여객터미널을 목적지로 떠났던 지수호는 결국 경로를

이탈하여 실종됐다. XX일이 지나도록 최초 목적지였던 인천항 국제여객터미널에 도달하지 못했다. 출항 3일 뒤, 지수호의 선장이었던 김영생의 마지막 무전을 끝으로 지수호는 침묵 속으로 사라져버렸다.

"메이데이, 메이데이! 여기는 지수호, 지수호. 흐, 흐흑……. 여, 여객선 안에 괴, 괴물이 나타났습니다. 사, 사람들이 괴물에게 습격당하고, 습격당한 사람도 괴물로 변해버려 또 다른 사람을 습격합니다. 메이데이, 메이데이! 흐흐흑, 실제 상황, 실제 상황. 사, 살려줘……. 흐흑……. 살……려……. 흐아아아아아악!"

겁에 질려 흐느끼던 선장의 구조 요청은 찢어지는 비명이 마지막이었다. 거짓 신고 혹은 장난으로 치부할 수는 없었다. 850명의 목숨을 담보로 장난치는 사람은 어디에도 없을 테니까. 사이코패스가 아닌 이상.

실제로 GPS 신호마저 끊긴 것으로 보아 지수호의 전력 시설 자체가 나가버린 듯했다. 설상가상으로 한국과 중국의 국경 근처에서 접수된 조난신호로 양국의 출동이 늦어졌고, 850명의 생명을 실은 지수호는 그대로 바다에서 실종됐다.

발등에 불이 떨어진 해경은 위성으로 드넓은 서해상을 이 잡듯이 뒤졌고, 마침내 경로에서 수킬로미터 떨어진 채 바다 위를 떠도는 지수호를 찾아냈다. 그리하여 사건 조사관인 내가 경찰 특공대원들과 함께 이 헬기를 타게 된 것이다. 산발적인 교신을 통해 지수호를 초토화시킨 괴물의 특징을 그려볼 수는 있었다.

1. 언뜻 보면 사람 형태를 한 모습이지만, 2.5m가 넘는 키와 육중한 덩치가 있어 '거인'처럼 보이기도 한다.
2. 두 발로 걷거나 뛸 수 있지만, 사족보행으로 다니면 더 빠르다.
3. 손과 발이 크고 두껍다.
4. 때가 낀 손톱은 길고 날카로워 보인다.
5. 움직임이 빠르고 상황판단도 빠르다.
6. 고통을 느끼지 못하므로 신체 일부를 공격당해도 타격을 받지 않는다.
7. 유일한 취약점은 머리다.
8. 눈으로, 귀로, 냄새로 움직임을 파악한다.
9. 무언가를 발견하는 순간 괴물의 목표는 그 물체를 없애는 것이다.
10. 사람들은 괴물에게 물리거나 괴물의 타액이 몸에 닿으면 몇 분 이내에 괴물로 변한다.
11. 괴물은 사람을 죽이는 것에서 그치지 않고 먹어치우는 행위를 함으로, 식욕을 가진 것으로 판단된다.

지수호 실종 후 정부는 모든 수단을 동원해 괴물의 정체를 파악하려 했다. 하나 괴물의 정체는커녕 발생 이유조차 전혀 알아낼 수 없었다. 그야말로 미지의, 수수께끼의 괴생명체였다. 그나마 괴물의 약점을 언급한 김영생 선장에게 감사의 인사를 전하고 싶다. 물론 아직 생존해 있다면 말이다.

폐허가 된 지수호에서는 여전히 매캐한 연기가 뿜어져 나온다. 지수호에 어떤 참상이 펼쳐져 있을지 상상조차 되지 않는다. 총기를 정리하는 경찰 특공대원들의 눈빛이 단호하다. 빠르게 괴물을 토벌하고 생존자를 수색할 것이다.

“자, 이제 본 헬기는 지수호의 헬기착륙장소에 곧 착륙할 것이다. 착륙 준비.”

선임의 목소리에 맞춰 경찰 특공대원들이 우렁차게 복명복창했다.

“착륙 준비!”

나도 모르게 숨을 크게 들이마셨다. 땀에 젖은 손바닥을 바지에 비볐다.

‘자, 이제 착륙이다.’

*

하루하루 힘든 나날이 이어진다. 자그마치 850명의 식사를 책임져야 했다. 식당은 지수호의 3층과 4층, 두 곳으로 나뉘어 있다. 4층은 VIP를 위한 고급 식당, 3층은 일반 승객을 상대로 하는 평범한 식당이었다. 고급 식재료를 취급하는 4층에 배속되길 희망했지만……. 초보 주방 보조를 4층에 배속해줄 리 만무했다.

"거기, 실습생. 요령 피우지 말고 빨리빨리 움직여!"

"네!"

선배의 불호령에 과도를 쥔 손놀림이 빨라진다.

"나 참, 이게 뭐람……."

나도 모르게 긴 한숨이 새어 나왔다. 사실 실망할 겨를도 없었다. 내 앞으로 쉴 새 없이 쏟아지는 감자 포대와 양파 포대를 보면 내가 감자 껍질이나 벗기려고 지수호에 탔나 싶어 자괴감이 들기도 했다. 과도를 쥔 손바닥에 물집이 잡히고 터지기를 반복했다. 까고, 벗기고, 까고, 벗기고.

"형, 정신 차려요. 그러다 손가락 가죽도 벗기겠어요."

장난기 섞인 목소리에 퍼뜩 정신을 차리고 고개를 돌렸다. 양파 껍질을 벗기느라 눈물이 그렁그렁한 우식의 모습에 웃음이 터져 나왔다. 우식도 나와 같은 처지였다. 나보다 세 살 아래로 고등학교 현장실습으로 지수호에 타게 된 녀석. 우식도 나와 마찬가지로 실습 기간 내내 감자와 양파 더미에서 벗어나지 못할 팔자지만, 그래도 같은 처지의 동료가 있다는 것에 다소 위안을 얻었다.

"야, 눈물샘 다 말라버리겠다."

우식이 옷소매로 눈가를 찍어냈다.

"현우 형, 나도 그럴 것 같았는데 어째 눈물이 마르지를 않아요. 큭큭."

나는 소리 없이 한숨을 쉬고, 이동식 좌식 의자에서 일어서 허리를 뒤로 쭉 폈다.

허리뼈에서 우두둑 소리가 나며 입에서는 절로 죽는소리가 새어 나왔다.

"아이고."

화려한 식당 뒤 한 평 남짓의 무채색 공간. 빨간 고무 대야를 가득 채운 감자들. 그 옆으로 아직도 내 손길을 기다리는 감자 포대들과 바닥에 어지러이 흩어진 감자 껍질. 내 청춘의 여름 방학이 이렇게 소비되는 건가. 차라리 미팅이나 다닐 걸 그랬나 싶은 후회가 밀려드는 순간, 굳게 닫혀 있던 철문이 벌컥 열렸다. 상쾌한 바깥공기에 나와 우식은 열린 철문으로 동시에 시선을 돌렸다. 조리실 선배 선호 형이었다.

"우식아, 잠깐 나 좀 보자."

"네넵!"

선배의 호출에 우식은 허벅지 위의 양파 껍질을 털어내고 부리나케 뛰어나갔다. 다용도실 밖으로 선배의 낮은 목소리와 우식의 대답 소리가 점점이 흘러들어왔다. 몰래 들을 생각은 없었지만 어쩔 수 없이 귀를 기울이게 됐다. 바로 그때였다.

"끄아아아악!"

지수호 안을 뒤흔드는 찢어지는 비명에 나는 자리에 선 채로 얼어붙어버렸다.

*

시각, 청각, 후각에 반응한다는 괴물 보고서대로였다. 괴물은 지수호에 근접하는 헬기 소리를 듣고, 제 발로 지수호의 꼭대기인 헬기착륙장소로 모여들었다. 이렇게 마중을 나와주다니, 우리로선 땡큐 아닌가. 실로 어마어마한 숫자였다. 수십, 아니 수백 마리일까. 경찰 특공대원들은 공중에 뜬 헬기 안에서 모여든 괴물들을 향해 원 샷 원 킬로 처리했다. 정확히 이마 한가운데를 조준하여 한 발씩. 경찰 특공대원들의 HK416 소총의 총구가 쉴 새 없이 불꽃을 뿜어냈다.

투타타타탕.

기괴한 소리를 내며 뒤통수가 터져나가는 괴물들이 헬기착륙장소에 하나둘 쌓여갔다. 일상복이나 지수호의 유니폼을 입은 괴물도 더러 보였다. 괴물의 공격을 피해 살아남았지만 타액에 감염되어 괴물화된 것으로 보였다. 안타깝지만 어쩔 수가 없었다. 한때는 사람이었으나 지금은 괴물일 뿐이었다. 정부의 지침은 전체 사살, 완진 밀실이있다. 한참의 내치 끝에 헬기착륙장소에 모여든 괴물을 모두 처리할 수 있었다.

"착륙 완료. 수색을 시작한다."

"수색 개시!"

나와 경찰 특공대원들은 마침내 괴물의 피로 흥건하게 젖은 지수호 갑판을 밟았다. 도망친 개체나 객실에 숨어 있을 개체는 모두 수색하여 말살한다. 그리고 생존자를 찾아내 그날의 상황을 청취한다.

우리는 조를 나눠 지수호의 최고층인 5층 조타실을 시작으로 모든 객실과 구역을 수색하기 시작했다. 문이 잠긴 곳은 슬레지해머나 도어 브리칭을 사용하여 강제로 문을 부수고 진입한다. 물론 잠긴 문안에 괴물이 기다리고 있다면 무차별 사격을 가한다. 경찰 특공대원은 원 샷 원 킬이 원칙이지만 동료가 괴물이 되는 확률보다 무차별 사격으로 감염의 확률을 제로로 만드는 것이 최선이라는 결론에 도달했다.

투타타탕.

간헐적인 총격 소리가 지수호를 뒤흔들었다. 간간이 비명과 안도의 울음소리도 들려왔다. 객실 안에서 문을 걸어 잠그고 살아남은 생존자일 것이다. 아수라장을 피해 충분한 음식과 식수를 확보한 이들. 아주 운이 좋은 극소수일 것이다. 850명의 승선원 중 신의 선택을 받은 생존자는 과연 몇이나 될까. 퍼뜩 한 자릿수가 떠올랐지만 나는 애써 그 생각을 떨쳐내려 고개를 세게 흔들었다.

'집중하자.'

숫자를 헤아리는 건 그다음에 해도 늦지 않다. 나는 어금니를 꽉 깨물고 다음 객실의 문을 활짝 열어젖혔다.

*

뭔가 잘못됐다. 아니, 잘못된 정도가 아니다. 내가 미친 건가. 아니면 세상이 미쳐 돌아가는 건가. 비명에 나는 서둘러 다용도실을 뛰쳐나갔다. 문 앞에는 선배와 우식이 아연실색한 얼굴로 한 곳을 응시하고 있었다. 나도 그들의 시선을 따라 고개를 돌렸다. 그러자 몇 발자국 떨어진 통로에 거대한 덩치의 괴물과 키가 작은 여성이 나란히 서 있었다.

"헉!"

나도 모르게 손바닥으로 입을 틀어막았다. 바로 내 눈앞에서 여성의 얼굴 가죽이 처참하게 뜯겨나가는 중이었다.

"꺄아아아악!"

왼쪽 눈알이 그대로 드러난 채로 얼굴 근육이 밖으로 드러난 여성은 애니메이션에서나 보던 〈진격의 거인〉처럼 입을 크게 벌리고 끔찍한 비명을 질러댔다.

그리고 그 옆에서 찢긴 얼굴 가죽을 질겅질겅 씹어 삼키는…….

"저…… 저게 대체 뭐야……."

핏기가 없는 회색빛 피부에 동공이 없는 커다란 눈알. 길게 늘어뜨린 팔에는 비정상적으로 큰 손바닥이 붙어 있다. 털이 하나도 없는 거대한 오랑우탄이랄까. 뭐가 됐든 혐오스럽기 그지없었다. 단언컨대 내 인생에서 저렇게 생긴 생명체를 본 적은 없었다. 그런데 이런 바다 한가운데에서 어떻게 저런 괴물이 나타났단 말인가.

하늘에서 떨어졌나. 바닷속에서 솟았나. 아니면 바이러스에 의한 희귀질환인가. 사슴에게 감염되는 바이러스로 인해 인간도 좀비가 될 가능성이 있다는 기사가 떠올랐다. 만성 소모성 질병(Chronic wasting disease), 약칭 CWD. 일명 광록병이라고 하던가. 하지만 이런 종류의 괴생명체는 금시초문이었다.

그 짧은 순간에도 온갖 생각과 가능성이 머릿속을 스쳐 지나갔다. 하지만 어느 결론도 내릴 수는 없었다. 다만, 한 가지 분명한 건 이 기괴한 괴생명체가 눈앞의 여성을 맨손으로 찢어 죽이려 한다는 것이다. 등골에서 감전된 듯 찌르르한 소름이 돋아났다. 과도를 쥔 손이 부들부들 떨려왔다. 얼굴 가죽을 씹어 삼킨 괴물이 다시금 찢긴 얼굴을 감싸 쥔 여성을 향해 팔을 들어 올리는 게 보였다.

'어쩌지……. 어떻게 해야 하지.'

생전 처음 접하는 극한의 상황에서 사고가 마비된 것 같았다. 도와야 한다. 마음은 그렇게 외치지만 땅바닥에 달라붙은 발바닥은 좀처럼 움직여지지 않았다. 우물쭈물 망설이는 사이 옆에 서 있던 우식이 과도를 치켜들고 괴물을 향해 달려들었다. 나도 우스꽝스러운 목소리를 내며 우식을 뒤따랐다.

"에이 시발, 으아아아아아!"

망설이던 선배도 뒤늦게 합류했다. 우식은 뭉툭한 과도의 칼끝을 세워 돌아선 괴물에게 돌진했다. 괴물의 등과 우식이 충돌하자 순간적으로 괴물이 주춤거렸다.

뒤따르는 나는 괴물의 등에 꽂힌 과도의 손잡이를 보며 반색했다.

'효과가 있나?'

하지만 이내 괴물이 기다란 팔을 파리채처럼 휘둘렀다.

"커헉."

파리채 같은 괴물의 팔에 맞은 우식이 힘없이 땅바닥에 내동댕이쳐졌다.

'이런 젠장맞을! 전혀 효과가 없다. 고통을 느끼지 못하는 건가?'

당장 발걸음을 멈추고 싶었지만, 이미 괴물을 향한 가속도를 거스를 수는 없었다. 마음속으로 욕설을 외치며 손에 든 과도를 괴물의 뱃속에 깊이 찔러 넣었다. 정작 칼날 자체는 그리 어려움 없이 괴물의 살가죽을 뚫고 안으로 들어갔다. 칼날이 괴물의 촘촘한 근육을 가르고 파고드는 느낌이 손끝에 생생히 전해졌다. 하지만 역시 기대했던 반응은 없었다. 아니, 반응은 커녕 상황은 최악으로 치닫고 있었다. 괴물이 동굴 같은 입을 쩍 벌리고 거대한 손가락으로 내 어깨를 단단히 틀어쥐는 것이 아닌가. 나는 괴물의 손아귀에서 벗어나고자 안간힘을 썼지만 꿈쩍할 수 없었고, 심지어 몸이 공중에 떠올랐다. 괴물이 내뱉는 숨결에 구역질이 치밀어 올랐다. 동굴 같은 아가리에 박힌 날카로운 이빨이 눈앞에서 아른거렸다.

"싫어……. 아직 죽고 싶지 않아. 죽을 수 없다고……."

나는 눈을 질끈 감고 고개를 돌려버렸다. 바로 그때, 커다란 충격과 함께 내 몸뚱이가 바닥에 내리꽂혔다. 덕분에 어깨를 파고들던 괴물의 손아귀에서 벗어났다. 서둘러 자세를 가다듬고 상황을 살폈다.

"선, 선배……."

괴물과 선배가 두 손을 맞잡고, 팽팽하게 대치 중이었다. 그런데 선배의 하얀색 조리복의 팔목 부분이 서서히 붉게 물들어갔다. 괴물과 몸싸움 중인 선배가 고개를 슬쩍 돌려 나를 향해 한쪽 눈을 찡긋거렸다.

"멋있는 척 좀 하려 했는데……. 하하, 실패인가 봐……."

순간 괴물이 고성을 질러댔다.

"꾸에에엑!"

이어서 선배의 양 팔목이 기이하게 꺾여버렸다. 꺾인 팔의 안쪽으로 부러진 뼈가 살갗을 튀어나왔다. 참혹한 비명이 이어졌다. 선배의 부러진 팔에서 분수처럼 솟구치는 피가 괴물의 창백한 얼굴을 흠뻑 적셨다.

'이런, 시발, 틀렸어. 다 죽고 말 거야.'

머릿속이 사고를 멈추고 새하얘졌다. 선배가 고통에 차 악을 지르며 땅바닥을 데굴데굴 굴러다녔다. 주저앉은 가랑이 사이가 축축해졌다. 압도적인 공포에 실금을 해버렸나 보다. 선배의 피를 흠뻑 뒤집어쓴 괴물과 눈이 마주쳤다. 심장에서 쿵 소리가 났다. 나는 다가올 죽음을 직감했다. 몸이 얼어붙어 도망칠 생각조차 들지 않았다. 괴물의 그림자가 얼굴에 드리웠다. 나는 천천히 눈꺼풀을 감았다.

"이야아아아아!"

예상치 못한 우렁찬 고함에 퍼뜩 눈을 떴다. 얼굴에 드리운 그림자는 사라지고, 복도 천장의 형광등 불빛에 눈이 시렸다. 눈이 어느 정도 불빛에 익숙해지자 식당용 서빙 카트로 괴물을 밀치고 있는 우식이 눈에 들어왔다. 그 모습에 코끝이 시큰해지고 울컥 눈물이 고였다.

괴물이 휘두르는 팔을 카트 뒤에서 고개를 숙여 피하는 우식이 다급하게 외쳤다.

"현우 형, 뭐 해. 얼른 달라붙어!"

"아, 알았어!"

나는 엉거주춤 일어서 서둘러 우식의 왼쪽 옆에 섰다. 나와 우식이 카트를 힘껏 밀자 꿈쩍 않고 버티던 괴물이 비틀거리기 시작했다.

"밀린다."

"그래, 좀 더 힘내!"

"하나, 둘 할 때 미는 거야."

"하나, 둘! 아우……. 졸라 힘드네."

우리는 젖 먹던 힘까지 짜내 카트를 밀었다. 마침내 괴물이 한 발자국, 두 발자국 뒤로 밀려나기 시작했다. 괴물이 편의점과 카페가 마주한 복도를 지나 객실을 지나칠 무렵, 우식이 급히 나를 향해 눈짓을 보냈다.

"형, 보이지?"

"어……. 어, 보여!"

나는 땀이 뚝뚝 떨어지는 고개를 급하게 끄덕거렸다. 우식의 의도는 바로 알아챘다. 편의점 바로 옆 2인실의 문이 활짝 열려 있었다. 그 객실 안으로 괴물을 밀어 넣고 가두자는 의도일 것이다. 괴물이 2인실 앞에 서는 순간, 우리는 타이밍을 놓치지 않고 카트를 돌려 괴물을 객실 안으로 밀어붙였다. 괴물은 순순히 2인실 안으로 들어가지 않으려는 듯 기다란 두 팔을 객실 문틀에 걸치고 버텼다.

우식이 이를 악물고 외쳤다.

"젠장, 형. 꿈쩍도 안 해."

온몸이 땀으로 흠뻑 젖었다. 스테인리스 재질의 카트 손잡이가 땀 때문에 손에서 자꾸 미끄러지려 했다. 괴물이 휘두르는 팔을 피하기 위해 고개를 숙이자 뒷머리로 서늘한 바람이 일었다. 목덜미로 쭈뼛 소름이 돋아났다. 저 팔에 스치기만 해도 머리가 날아갈 판이었다. 고개를 숙인 채로 눈을 위로 치켜뜨자 문 앞에 버티고 선 괴물의 배에 조금 전 꽂았던 과도 손잡이가 꿀렁꿀렁 오르내렸다. 그걸 보자니 불현듯 묘수가 떠올랐다.

"우식아, 죽어라 밀고 있어봐."

나는 우식에게 외치고 카트 옆으로 몸을 기울여 오른팔을 쭉 뻗었다. 다행히도 괴물의 배에 박힌 과도에 손가락이 닿았다. 나는 그대로 과도 손잡이를 움켜잡고 쑥 뽑았다. 괴물의 피가 흠뻑 젖은 과도가 내 손에 들어왔다. 나는 재빨리 칼날의 방향을 바꿔 잡고 문틀을 쥔 놈의 왼손에 과도를 쑤셔 박았다.

"ㅌ네ㅌㅌ네ㅌ!"

순간 알아들을 수 없는 소리와 함께 문틀을 잡고 있던 괴물의 손가락이 활짝 펴졌다. 마침내 괴물과의 대치에서 우리가 우위를 차지한 것이다. 나와 우식은 중심을 잃은 괴물을 2인실 안으로 밀어 넣는 데 성공했다. 이 기회를 놓칠 수는 없었다. 우식은 재빨리 2인실 문을 닫았고, 나는 안에서 문을 열 수 없도록 문고리에 카트 손잡이를 비스듬히 받쳐놓았다. 괴물이 2인실 안에서 손잡이를 돌리는지 바깥쪽 문고리가 흔들거렸지만, 카트 손잡이에 가로막혀 문고리를 돌릴 수는 없었다. 우리는 가쁜 숨을 몰아쉬며 서로를 마주 봤다. 우식의 발그레한 볼이 땀에 젖어 번들거렸다. 모르긴 몰라도 나 역시 마찬가지리라. 우리는 말없이 손바닥을 휘둘러 짝 소리가 나도록 마주쳤다. 그제야 우식이 한쪽 입꼬리를 씩 올렸다. 나는 숨을 고를 요량으로 뒷걸음질 치다가 발바닥에 물컹한 뭔가를 밟고 중심을 잃었다.

“아야, 이게 뭐야.”

나를 넘어지게 만든 정체를 보고 까무러칠 뻔했다.

“히이이익!”

선실 복도에 길게 늘어뜨려진 채 핏빛으로 번들거리는 그것을 눈으로 따라가니 찢긴 뱃가죽 사이로 내장을 길게 늘어뜨린 여성이 여전히 팔을 휘젓고 있는 것이 보였다. 여성의 내장을 밟고 미끄러져 넘어진 것이다. 그제야 괴물과 대치하느라 미처 보지 못했던 주변 상황이 눈에 들어왔다.

나는 숨을 쉬는 것도 잊은 채 눈앞의 참상을 목도했다. 괴물이 휩쓸고 간 자리에 남은 흉측한 시신과 핏자국. 코를 찌르는 피비린내와 고통에 찬 신음 소리가 정신을 마비시켰다. 지옥이 바로 이곳이다. 지수호는 생지옥과 다름없었다. 그때 주저앉은 나의 왼쪽 어깨에 무게감이 느껴졌다. 고개를 돌리자 우식이 내 어깨를 부축하며 일으켜 세웠다.

"형, 지금 이러고 있을 때가 아니야!"

아닌 게 아니라 우식 너머 식당 건너편 중앙 계단으로 괴물들이 떼 지어 내려오고 있었다. 불과 한 마리가 이런 대참사를 벌여놓았는데, 저리 많은 숫자는 도저히 감당해낼 재간이 없었다.

"당장 숨어야 해."

내 말에 우식이 크게 고개를 끄덕였다.

"아, 알았어."

우리는 곧바로 괴물을 가둔 객실의 바로 옆 2인실의 문을 열었다. 다행스럽게도 문은 잠겨 있지 않았고, 객실도 비어 있었다. 다른 생각 할 겨를이 없었다. 우리는 바로 객실 문을 닫고 고리식 잠금장치를 걸어 문을 잠갔다. 문밖으로 괴성과 참혹한 비명이 새어 들어왔다.

"크아아악!"

"살려주세요!"

"도와주세요!"

"누구 없나요!"

찢기고 뜯기는 소리들. 그리고 숨이 꺼져가는 소리들. 나는 객실 바닥에 쪼그려 앉아 두 귀를 손바닥으로 틀어막았다. 그럼에도 귓속을 파고드는 일련의 소리를 완전히 막을 수는 없었다. 언제 끝날까. 아니, 끝이란 게 있을까. 그저 숨죽인 채 모든 소리가 잦아들기만을 기다렸다.

*

지난한 수색은 5층과 4층을 지나 3층으로 향했다. 열렬한 환대 덕분에 남은 괴물을 처리하는 데 큰 어려움은 없었다. 하지만 복도와 객실을 가득 메운 시신들이 썩으며 풍겨내는 악취는 또 다른 고역이었다. 나를 포함해 경찰 특공대원 둘이 한 조로, 부서진 식탁과 식기들이 널브러진 식당을 지나 편의점 안으로 들어섰다. 도미노처럼 넘어진 선반들 아래로 상품이 바닥에 즐비해 발을 디딜 틈이 없었다. 카운터 쪽에 편의점 유니폼을 입은 남성의 시신이 있는 것 외에 특별한 이상 징후는 없었다.

"편의점 클리어."

편의점을 나와 편의점과 맞붙은 객실로 발걸음을 옮겼다.

복도에 복부가 터진 채 사망한 남성의 시신을 지나 2인실 문 앞에 섰다. 나는 주먹 쥔 오른손을 허공에 들어 올렸다. 내 동작에 맞춰 동료들이 소총을 들어 사격 자세를 취했다.

문 앞에 기대놓은 식당용 카트가 문고리를 틀어막고 있다. 객실 안의 뭔가가 밖으로 나올 수 없도록 가둬놓았다는 말이다. 그것이 무엇인지는 굳이 말하지 않더라도 나를 포함한 경찰 특공대원 모두가 알고 있으리라. 그럼에도 확인 작업은 거쳐야 했다. 나는 손등으로 출입문을 두 번 두드렸다.

똑똑.

"ㅌ네ㅌㅌ네ㅌ!"

역시 예상대로였다. 문안에서 괴성이 들리는 동시에 문고리가 미친 듯이 흔들렸다. 나는 HK416소총을 겨누고 있는 동료들에게 턱짓한 뒤, 문고리를 막고 있는 식당용 카트를 발로 찼다. 마침내 가로막혀 있던 문고리가 돌아가고, 객실 문이 덜컥 열렸다. 동시에 한 발의 총성이 선실을 뒤흔들었다.

탕.

오른쪽에 서있던 경찰 특공대원의 총구에서 피어오르는 연기가 공기 중에 퍼져 희미해져 간다. 당장이라도 뛰어들 듯한 괴물의 얼굴 절반이 날아가버렸다. 터져 나간 얼굴의 단면에서 간헐적으로 핏줄기가 츄아악, 소리를 내며 뿜어져 나왔다. 왼쪽에 있던 경찰 특공대원이 선 채로 사망한 괴물을 발로 찼다. 거대한 괴물은 힘없이 객실 안으로 쿵 소리를 내며 쓰러졌다.

나는 객실 바닥에 대자로 쓰러진 괴물을 피해 안으로 들어섰다. 괴물 외에 사람의 시신은 없었다. 괴물이 처음 지수호에 나타난 그날 이후 쭈욱 객실에 갇혀 있던 것으로 보였다. 괴물의 터진 머리에서 흘러나온 피가 객실 바닥에 고였다. 배가 불룩한 괴물의 손과 발이 전기에 감전된 듯 경련했다. 구토감이 치밀었다. 나는 괴물에게서 눈길을 돌려 객실 정면의 창문을 봤다. 머리 하나 크기의 둥근 창밖으로 구름 한 점 없는 푸른 하늘이 보였다. 나는 신선한 공기를 마시고 싶어 창문으로 다가섰다.

창문의 유리는 산산이 깨져 있었다. 그리고 창턱에는 검붉은 피가 덕지덕지 말라붙어 있었다. 다시 괴물을 돌아보자 거대한 왼손에 남은 깊은 칼자국이 보였다. 왼쪽 손바닥에 상처를 입은 괴물의 피인가. 괴물을 객실에 가두기 위해 사투를 벌인 사람들의 모습이 머릿속에 그려졌다. 이 괴물을 객실에 가둔 사람은 지금까지 생존해 있을까. 나도 모르게 한숨이 새어나왔다.

“객실 클리어.”

나는 나지막이 외치고, 경찰 특공대원들과 함께 다음 객실로 향했다. 괴물이 있던 객실과 다인실을 사이에 둔 2인실이었다. 지금까지와 마찬가지로 닫힌 문 위로 두 번 노크를 했다. 잠시 기다렸으나 안에서의 반응은 없었다. 경찰 특공대원들에게 준비를 시키고 문고리를 틀어잡았다. 문고리를 잡아당겼으나 문이 열리지 않았다. 객실 안쪽에 고리식 잠금장치가 걸려 있다는 뜻이었다. 순간, 생존자가 있을지도 모른다는 희망이 싹텄다.

나는 객실 안쪽을 향해 고래고래 목청을 높였다.

"경찰 특공대원입니다. 상황은 모두 종료됐으니 안심하고 나와주십시오!"

그러나 반응은 없었다. 어쩔 수 없었다. 슬레지해머로 문을 부수기로 했다. 앞에 선 진입 요원이 슬레지해머로 문을 충돌시켰다. 우리 팀은 그 뒤에서 HK416소총을 겨누고 사살 준비를 했다. 두 번의 충격만에 철제 문틀이 요란한 소리를 내며 부서졌다. 마침내 문을 열자 드러나는 객실의 상황에 나를 포함한 경찰 특공대원들이 고개를 돌렸다.

"하, 시발."

한 경찰 특공대원의 낮은 욕설이 고막에 꽂혔다. 객실 한가운데로 사람이 서, 아니 떠 있었다. 발끝이 땅에 닿아 있지 않았다. 천장 가로대에 이불을 동여맨 끈은 그대로 매끄러운 목을 깊숙이 파고들어 있었다. 가슴까지 길게 늘어진 혓바닥이 하늘하늘 흔들려 그로테스크해 보였다. 감은 눈과 코, 입에서는 살이 오른 통통한 구더기가 끊임없이 기어 나와 자살자에게서 분비된 분변 위로 떨어졌다. 객실 바닥을 굴러다니는 텅 빈 생수병과 빈 과자 봉지가 보였다.

미처 식량을 확보하지 못하고 괴물 때문에 밖으로도 나올 수 없던 사람의 비관 자살인가. 분변 위를 기어다니는 구더기를 보니 도저히 참을 수가 없었다. 나는 마스크를 내리고 서둘러 원형 창문으로 향했다. 이어서 유리가 깨진 창문 밖으로 고개를 쑥 내밀었다. 짜디짠 바다 냄새가 콧속을 자극했다. 하나 객실 안의 불쾌한 공기보다는 훨씬 나았다. 잠시 그대로 호흡을 가다듬는데 문득 원형 창문 아래 외벽으로 눈길이 갔다. 기다란 나뭇가지로 벽면을 문지른 것 같이 마른 핏자국이 번져 있었다. 그러고 보니 바로 직전 객실과 마찬가지로 창틀에도 검붉은 핏자국이 덕지덕지 말라붙어 있었다.

'자살자의 시신에 별다른 외상은 없었던 것 같은데…….'

뭔가 위화감이 느껴졌으나 더 이상 생각할 겨를도 없이 경찰 특공대원의 무전 호출에 허리춤에 끼워둔 무전기를 곧장 빼들었다.

"생존자 발견, 생존자를 발견했습니다!"

지수호의 좌측 편을 수색하던 우리와 반대로 우측 편을 수색하던 경찰 특공대원의 무전이었다. 문이 잠긴 노래방에서 탈진 상태의 생존자를 발견했다는 보고였다. 나는 바로 노래방으로 향했다. 자살자의 시신을 지나 2인실을 나서면서 슬레지해머로 문을 때려 부술 때 부러진 문틀 잠금장치에 매달린 문고리를 지나쳤다. 문고리와 잠금장치에도 원형 창틀과 마찬가지로 마른 피로 뒤범벅되어 있었다.

*

"우식아, 이대로는 우리 둘 다 죽어."

"형, 그래도…… 조금만 더 버텨봐요."

좁디좁은 2인실에 갇힌 지 이틀이 흘렀다. 문밖으로 여전히 괴물들이 먹이를 찾는지 어슬렁거리는 소리가 들려왔다. 우리는 일단 구조대가 올 때까지 버티기로 의견을 모았다. 괴물도 객실 안까지는 침입하지 못했다. 문제는 식량이었다.

운 좋게도 방 안에서 500ml 생수 두 병과 과자 한 봉지를 찾아냈지만, 긴장한 탓인지 갈증이 끊이지 않았다. 아껴 마신다고 마셨는데도 금세 생수 한 병이 동나버리고 말았다. 구조대가 언제 올지는 짐작도 가지 않았다. 최악의 경우를 생각해야만 했다. 여기에서 나와 우식의 의견이 갈렸다.

나는 기회를 틈타 다른 방으로 도망쳐 식수와 식량을 구하자는 의견이었다. 우식은 반대로 지금보다 더욱 타이트하게 식수와 식량을 아끼자는 의견이었다. 문밖을 나서는 순간 죽음과 마주해야 했으니 우식의 생각을 부정할 수는 없었다. 극한의 상황이었다. 아쉽지만 나는 참을성이 그리 많지 않았다. 둘 다 죽을 수는 없는 노릇 아닌가.

“네가 정 그렇다면 어쩔 수 없어. 여기서 갈라지자.”

우식도 내 결심에 갈등과 고심을 거듭했다. 하지만 마지막까지 주장을 굽히지 않았다.

“비록 지금은 갈라지지만…… 우리 끝까지 살아남자.”

“현우 형, 조심하세요. 흑흑…….”

우식의 눈시울이 금세 붉게 물들었다. 우식은 손가락으로 양쪽 눈꺼풀을 지그시 눌렀다. 손가락 아래로 눈물이 흘러내렸다. 나는 애써 울음을 참는 우식을 두고 객실 밖이 조용해지는 틈을 타 문을 나섰다. 등 뒤에서 객실 문에 다시 잠금장치 걸리는 소리가 들렸다. 그 순간 괜한 짓을 했나 싶은 후회가 밀려들었다. 식당에 멍하니 있던 한 괴물 무리 중 나와 마주 서 있던 괴물 한 마리와 눈이 딱 마주쳤기 때문이다.

“시…… 시발.”

“[illegible]!”

처음 눈이 마주친 괴물이 아가리를 쩍 벌리더니 기괴한 괴성을 질러댔다. 그 소리가 어찌나 크던지 선 채로 오줌을 지릴 뻔했다. 괴물의 괴성이 신호탄이었다. 식당에 모여 있던 괴물들은 앞다퉈 내게 달려들기 시작했다. 나라는 신선한 먹이를 먼저 선점하기 위한 경주라도 벌이듯이.

호기롭게 객실을 나섰지만 멀리 갈 수도 없었다. 나를 향해 달려드는 괴물들을 피해 맞은편 노래방으로 몸을 날리는 게 최선이었다. 노래방 안은 비어 있었다. 2인실을 노래방으로 개조한 방이었다. 문의 구조는 객실과 같았다. 나는 곧바로 객실 문을 닫고 잠금장치를 고리에 걸어 문을 잠갔다. 한참 동안 괴물이 노래방 문을 두드리는 소리가 들렸지만, 문을 부수지는 못했다. 나는 문에서 가장 멀리 떨어진 창가에 등을 기댄 채 가쁜 숨을 골랐다.

시간이 얼마나 흘렀을까. 때려 부술 듯 문을 두드리던 간격이 차츰 뜸해지더니, 문밖은 언제 그랬냐는 듯 잠잠해졌다. 노래방 안으로 기분 나쁜 고요가 흘렀다. 하지만 다시 노래방을 나설 용기는 나지 않았다. 모르긴 몰라도 괴물들은 노래방 문 앞에서 숨죽인 채, 아니면 우식이 있던 객실을 나와 처음 마주했을 때처럼 문 앞을 멍하니 지키고 있을 게 틀림없었기 때문이다.

그래도 수확이 전혀 없는 건 아니었다. 작은 원형 테이블 위에 괴물이 출몰하기 직전까지 손님이 마시던 김빠진 맥주 두 캔과 마른안주가 나를 맞이하고 있었다.

'그래, 한번 버텨보자.'

구조대가 언제 올지는 모른다. 하지만 맥주 두 캔과 마른안

주로 끝까지 버텨보리라. 나는 이를 꽉 깨물고 새로이 각오를 다졌다.

*

"맥주와 마른안주마저 떨어지고 결국 탈수에 빠지셨군요."

이현우가 작게 고개를 끄덕였다. 안색이 몹시 나빴지만 그래도 처음 발견했을 때보다는 훨씬 나아진 상태였다. 그럼에도 아직은 충분한 휴식이 필요했다.

"수고하셨습니다. 이현우 씨 청취는 이것으로 마치겠습니다. 회복실에서 휴식을 취하세요."

후련한 표정으로 의자에서 일어서려던 이현우가 머뭇거리며 물었다.

"저는 언제 집으로 돌아갈 수 있을까요."

나는 이현우의 보고서에서 눈을 떼지 않고 말했다.

"귀환 헬기를 요청한 상태입니다. 내일이면 댁으로 돌아가실 수 있을 겁니다."

이현우는 밝은 얼굴로 꾸벅 인사를 하고 청취실을 나갔다. 이것으로 생존자 진술이 모두 끝났다. 생존자는 인천항에서 간단한 건강검진을 마치고 귀가하게 될 것이다. 괴물의 정체는 여전히 오리무중이다. 다만 앞선 괴물 보고서에 추가로 새로운 사실이 발견됐다. 괴물은 자극, 이른바 먹이로 인식할 수 있는 움직이는 생명체가 사라지면 일정 시간이 지난 뒤 자체 동면에 들어간다. 동면이라고 하지만 잠을 자는 것은 아니다. 움직임을 최소화하는 대기 상태로 들어가는 듯했다. 취식한 음식 역시 위장에 오래 남아 영양분을 공급하는 듯했다. 알면 알수록 거지 같은 생명체랄까.

새로운 괴물의 출현을 대비하기 위해 괴물 대응 전담 팀이 꾸려진다는 말이 부서 내에 돈다는데, 그건 이번 케이스를 마무리한 다음의 일이었다. 피해자와 괴물의 시신을 실은 지수호는 일말의 가능성을 제거하기 위해 바다 위에서 폭파시키기로 했다. 모든 조사가 끝났건만 왜 이리도 뒷맛이 개운하지 않은 걸까. 나는 책상 위의 도면으로 다시 눈길을 돌렸다.

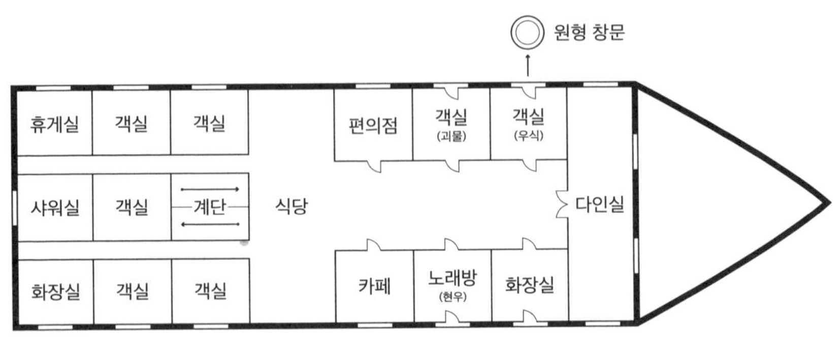

[3층 도면]

도면을 보자 가슴 언저리에 남아 있던 위화감이 하나로 이어지기 시작했다.

"……!"

나는 자리를 박차고 나와 지수호 3층에 위치한 2인실로 발걸음을 서둘렀다. 2인실에서 괴물의 시신을 확인한 뒤 자살한 우식의 객실을 둘러보자 어느새 의심은 확신으로 뒤바뀌어 있었다. 나는 허리춤의 무전기를 뽑아 입으로 가져갔다.

"회복실에 있는 이현우 씨를 당장 청취실로 데려오도록."

*

불과 몇 시간 만에 다시 청취실로 호출된 이현우의 얼굴에는 의아함과 불안함이 혼재되어 있었다. 나는 이현우가 좀 더 불안감에 떨도록 사건 청취록에서 눈을 떼지 않았다. 이현우의 맞잡은 손이 한시도 가만있지 못하는 것을 확인하고 나서야 입을 열었다.

"이현우 씨의 청취 내용을 다시 검토해봤습니다."

이현우가 테이블로 상체를 기울였다.

"왜, 왜 그러시죠? 조사는 다 끝난 거 아니었나요."

나는 볼펜으로 청취록을 탁탁 치며 말했다.

"팩트 체크라고 하죠. 이현우 씨의 진술을 바탕으로 현장과

일치 여부를 조사했습니다."

나는 잠시 시간을 두고 말을 이었다.

"그런데 말이죠. 이현우 씨의 진술에서 사실과 다른 점을 발견했습니다."

순간 이현우의 얼굴 근육이 일그러지는 것을 포착했다. 나는 별다른 내색 없이 말을 이었다.

"그게 어느 부분인지 아실까요?"

이현우는 한참을 끙끙거리며 골똘히 생각하는 척한 뒤에 입을 열었다.

"모, 모르겠습니다. 상황이 위험했습니다. 그런 극한상황에서 기억이 잘못되었을 수도 있지 않겠습니까."

한껏 억울한 표정을 짓는 이현우에게 쏘아붙였다.

"한 객실에 있던 우식 씨와 충돌이 없었습니까?"

잠시 입을 연 채로 말을 잃은 이현우가 빠르게 대답했다.

"말씀드렸잖아요. 객실에 머무느냐, 나가느냐로 의견 차이가 있었다고……."

쾅.

나는 손바닥으로 철제 테이블을 내리쳤다. 그 바람에 변명을 늘어놓던 이현우가 화들짝 놀라 입을 다물었다.

"애초에 우식 씨는 자살하지 않았습니다."

나는 이현우의 표정을 슬쩍 본 뒤 말을 이었다.

"이현우 씨, 끈으로 목을 매 자살하는 '액사'에는 생활반응이 존재한다는 걸 아십니까?"

이현우는 입을 꾹 다물고 내 질문에 말을 잇지 못했다. 어차피 대답을 바라고 한 질문이 아니었다. 나는 개의치 않고 계속 말했다.

"의식이 있는 사람이면 목을 매는 고통에 줄을 끊어내기 위해 끈을 잡아 뜯는다는 말입니다. 그리고 이때 필연적으로 목에 열상이 발생하게 되죠. 그런데 우식 씨의 목은 아주 매끈하더군요."

가만히 듣고만 있던 이현우가 테이블을 박차며 버럭 화를 냈다.

"그, 그래서요. 내가 우식이를 죽이기라도 했다는 말입니까?"

나는 가볍게 미소를 지어 보였다.

"제가 언제 이현우 씨가 우식 씨를 살해했다고 말씀드렸나요? 전 그런 적 없습니다."

이현우는 의자에서 뗀 엉덩이를 도로 붙였다. 이현우는 분을 삭이며 말했다.

"그럼 이런 말을 제게 하는 이유가 대체 뭡니까. 듣기로는 우식이 있던 객실 문은 잠겨 있었다고 하던데요. 아무도 들어갈 수 없는 객실에서 목을 매고 죽어 있는데 그게 자살이 아니면 뭐겠습니까."

뻔뻔한 이현우의 얼굴을 보니 혐오감이 치밀어 올랐다.

"그렇죠. 우식 씨의 객실은 안쪽에 고리식 잠금장치가 걸려 있었습니다. 바다로 나 있는 유일한 원형 창문 역시 유리가 깨져 있었지만, 사람이 드나들 수 있는 크기가 아니었어요. 이른바 우식 씨가 있던 방은 일종의 밀실이었다고 볼 수 있겠죠."

"그, 그렇죠. 밀실……. 제 말이 그 말이라는 말입니다."

"하지만 말입니다."

나는 검지를 세웠다.

"밀실을 의도적으로 만들었다면요."

"네, 네?"

이현우가 웃음을 터뜨리며 되물었다.

"조사관님, 지금 무슨 탐정놀이 하십니까?"

나는 이현우의 웃음이 잦아들기를 기다렸다. 그리고 진지한 얼굴로 답했다.

"저희는 우식 씨의 뒷머리가 골절된 것을 확인했습니다. 아마도 직접적인 사망원인은 두개골 골절로 인한 뇌출혈이었을 거라 추측합니다."

나는 다시 검지를 세우고 말을 이었다.

"제 추론을 말씀드리죠. 모종의 이유로 이현우 씨와 우식 씨는 다툼을 벌였습니다. 이유는 굳이 말씀드리지 않기로 하죠.

극한상황이었으니까요."

나는 잠시 쉬었다가 말을 이었다.

"우발적이던 의도적이던, 이현우 씨는 우식 씨를 살해합니다. 그리고 생각합니다. 아무리 극한상황이라지만, 구조대가 오면 우식 씨를 죽인 책임을 물을 거라는데 생각이 미치죠. 그래서 머리를 굴립니다. 살해 현장을 자살 현장으로 위장하기로 말이죠."

"그게 무슨 개소리입니까!"

"자, 제 말을 좀 더 들어보시죠. 이현우 씨는 고심합니다. 그리고 본인이 객실을 나간 뒤 잠금장치를 걸 수 있는 방법을 생각해냅니다. 그다음은 제가 알고 있는 대로 노래방에 숨어서 식량을 탕진하다가 결국 탈수에 빠지고, 정말 운이 좋게도 저희에게 구조된 겁니다."

이현우가 나를 노려보며 냉소적으로 말했다.

"지금 저랑 장난치시나요. 핵심은 쏙 빼놓고 이게 무슨 추론이라는 겁니까. 정말 기가 차는군요."

역시 스스로 자백할 생각은 없어 보였다. 나는 스마트폰을 꺼내 사진첩 속 사진을 띄워 이현우에게 들이밀었다. 이현우가 사진을 보자 얼굴을 찡그렸다.

"이게 뭔가요?"

"시신입니다."

나는 서둘러 덧붙였다.

"아, 3층 복도에 쓰러져 있던 시신이죠."

뭔가를 깨달았는지 이현우의 표정이 바뀌었다. 나는 이현우와의 게임을 끝내야 할 때라는 걸 직감했다.

"자, 정리하죠. 제가 이현우 씨가 밀실을 만들 방법을 생각했다고 했죠. 그건 잠금장치를 끈에 걸고 잡아당겨 잠금 고리에 넣는 고전적인 방법입니다. 다만 우식 씨를 자살로 보이기 위해 이불을 묶어 끈을 만들었고, 입고 있던 옷을 이용해 잠금장치를 걸 끈을 만들었다면 자칫 속옷만 남게 될 테니 부자연스러워지죠. 애초에 의복으로는 밀실 트릭을 만들 수도 없었겠지만요."

이현우는 잠자코 내 말을 들었다.

나는 말을 이었다.

"핵심은 이겁니다. 이현우 씨가 객실을 나간 뒤, 우식 씨의 시신이 있는 객실 안에 잠금장치가 걸려야 하고, 그 잠금장치를 걸기 위해 이용했던 증거는 소멸돼야 한다."

내 말을 듣는 이현우의 낯빛이 점점 어두워졌다. 나는 계속했다.

"처음 객실을 조사할 때 원형 창문의 창틀과 잠금장치에 피가 묻어 있는 게 의아했습니다. 우식 씨에게 그 정도의 혈흔이 묻을 외상은 없었어요. 그러다 객실 창문 밖 나뭇가지로 문지른 듯한 피가 번진 자국으로 생각이 미쳤습니다. '아. 나뭇가지가 아니라 왼손에 상처를 입은 괴물의 손가락이 낸 자국이었구나.'라고요."

이현우는 이미 고개를 숙이고 있었다.

"옆 객실에 있던 괴물의 긴 팔이 우식 씨가 있던 객실의 창문까지 닿았던 겁니다. 물론 작은 원형 창문이었기에 괴물은 팔을 뻗는 것 정도가 전부였겠죠. 이현우 씨는 그걸 이용하기로 합니다."

나는 잠시 틈을 두고 말을 이었다.

"괴물을 이용하되 철저하게 이용하기로. 트릭으로 사용한 증거까지 괴물에게 맡기는 겁니다."

나는 책상 위의 스마트폰을 가리키며 말했다.

"복도에서 발견된 사람의 시신입니다. 복부가 찢어져 있었죠. 그런데 시신에 내장이 하나도 없었어요. 괴물들이 먹어 치운 걸까요?"

이현우가 자신의 머리를 헝클어뜨리며 신음했다.

"흐으으으으."

"아닙니다. 물론 잘 아시겠지만, 인간의 내장은 생각보다 훨씬 길죠. 이현우 씨는 2인실 근처 복도에 쓰러져 있는 시신의 내장을 가져와 이어 붙인 뒤, 잠금장치에 내장을 겁니다. 그리고 바로 옆 객실에 갇힌 괴물을 자극합니다. 설령 괴물이 동면 상태에 빠졌더라도 현우 씨가 내는 소리에 즉각 반응한 괴물은 객실 쪽으로 팔을 뻗었을 겁니다. 뭐, 이현우 씨는 내장을 괴물의 팔에 건네주고 괴물이 내장을 전부 잡아당기기 전에 재빨리 객실을 빠져나가면 끝이죠."

이현우는 모든 걸 포기한 듯 보였다. 나는 마지막 쐐기를 박았다.

"당신이 건네준 내장을 받은 괴물은 그걸 잡아당겨 씹어삼킵니다. 그 과정에서 잠금장치는 고리에 걸려 잠기고, 밀실을 위해 이용된 내장은 괴물의 뱃속으로 사라져 트릭이 완성되는 겁니다. 자, 이 사진을 보세요."

나는 손을 뻗어 스마트폰 화면을 터치해 다음 사진으로 넘겼다. 머리가 터진 괴물의 배를 가른 사진이었다.

"객실에 갇혀 있던 괴물의 배가 불룩한 이유. 괴물의 위에서 아직 소화가 되지 않은 인간의 내장이 나왔습니다. 당신이 정성껏 이어 붙인 바로 그 위장 말입니다!"

*

좁디좁은 2인실에 갇힌 지 이틀이 흘렀다. 객실 안의 식량이라고는 고작 500ml 생수 두 병과 과자 한 봉지. 건장한 청년 두 명이 나눠 먹기에는 턱없이 부족한 양이라는 건 나나 우식이

나 너무나 잘 알고 있었다.

“형, 이대로는 우리 둘 다 죽어요.”

“우식아, 그래도……. 조금만 더 버텨보자, 응?”

불만 가득한 우식을 달래고, 도로 침대에 누웠다. 침대를 벗어나지 않는 시간이 늘어간다. 움직임을 최소화해야 배도 덜 고파진다는 게 우리의 생각이었다. 꼬르륵거리는 배를 움켜쥐고 애써 눈을 감았다. 자는 것밖에는 달리 다른 할 일이 없었다. 무기력 했다.

문득 부스럭거리는 소리에 잠에서 깼다. 힘겹게 눈을 뜨고 몸을 일으키는데 맞은편 침대 위에 등을 돌린 우식이 화들짝 놀라는 모습이 눈에 들어왔다.

“혀, 형……. 깼어?”

여전히 등을 돌린 채 부산히 손으로 뭔가를 감추는 우식. 누가 봐도 부자연스러운 모습에 잠이 확 달아났다. 나는 튕기듯 벌떡 일어나 우식의 어깨를 잡아당겼다.

“이…… 이 새끼가…….”

화가 머리끝까지 치솟았다. 우식의 입가에 묻은 과자 부스러기들. 번들거리는 입술. 나는 우식을 밀치고, 이불 아래 숨겨둔 과자 봉지를 낚아챘다. 입구가 열린 과자 봉지에서는 부스러기 몇 조각만이 힘없이 떨어졌다.

“죄, 죄송해요…….”

우식은 멋쩍게 뒤통수를 긁으며 슬슬 내 눈을 피했다. 그 비루한 웃음을 보자 맹렬한 속도로 피가 거꾸로 솟았고, 스스로 억제할 수 없는 상태가 돼버렸다. 나는 다짜고짜 우식의 멱살을 잡아끌어 일으켜 세웠다.

"야, 이 야비한 새끼야. 네가 이걸 다 처먹었냐."

나는 우식의 멱살을 잡고 흔들어대며 연신 따져 물었다.

"씨발, 지금 너만 살겠다는 거지? 어? 네가 그러고도 사람 새끼냐?"

처음에는 묵묵부답이던 우식은 내 욕설이 이어지자 사나운 눈빛으로 돌변했다. 급기야 우식이 내 손을 뿌리치며 말했다.

"아이 씨, 그거 좀 먹었다고 졸라 개지랄이네."

우식이 오른손으로 앞머리를 쓸어 올리며 말을 이었다.

"씨발, 그래. 내가 좀 먹었다. 그래서 어쩌라고, 어?"

우식의 입에서 뿜어 나오는 침이 내 볼에 사정없이 튀었다. 그와 함께 달짝지근한 과자 냄새가 콧속을 자극했다. 주먹을 쥔 손이 부들부들 떨렸다. 흰 눈자위를 뒤룩거리며 내게 들이대는 우식을 그대로 둘 수는 없었다.

나는 두 손을 쭉 뻗어 우식의 가슴을 힘껏 밀쳤다.

"더러운 입냄새 풍기지 말고 저리 꺼져!"

막상 나의 반격을 예상치 못했는지, 우식은 우스꽝스러운 소리를 내며 객실 끝까지 떠밀렸다.

“어어어어.”

그런데 중심을 잃고 쓰러지는 우식의 뒤통수가 침대 끝에 놓인 협탁 모서리를 강타하며 수박이 깨지는 소리가 나는 것이 아닌가. 그 소리가 어찌나 크던지, 나는 한동안 쓰러진 우식의 곁에 다가갈 수도 없었다. 어쩌면, 어쩌면 그 순간 직감했는지도 모르겠다. 눈동자가 말려 올라가 흰자위를 훤히 드러낸 우식이 다시는 일어서지 못할지도 모르겠다고.

순간 과거의 기억들이 주마등처럼 스쳐 지나갔다. 맞은편에 앉은 조사관이 경멸의 눈으로 나를 바라보고 있었다. 순간 발가벗겨진 듯한 수치심이 들었다.

‘아니야…….’

‘아니라고…….’

‘그게 아니라고…….’

“아…… 아냐…….”

가슴속의 목소리가 입 밖으로 튀어나왔다.

“그저 한 번 밀쳤을 뿐인데…… 그럴 의도는 아니었는데……. 아냐, 난 그저…… 그저 살려고 그랬어. 단지 살아남으려고 그랬단 말이야!”

악을 써대는 나의 두 볼 위로 뜨거운 뭔가가 흘러내리고 있었다.

한이

누구에게나 괴물은 있다

한이

만여 권의 책을 읽고서야 아는 게 없다는 것을 깨달은 둔재(鈍才). 많은 직업을 거치고 작가가 되었고, 여러 부캐로 다양한 글을 쓰고 있다. 2017, 2021년에 한국추리문학상 황금펜상을 받았고, 2019년부터 한국추리작가협회 회장으로 활동하고 있다.

아버지의 괴물은 술이었다. 괴물은 아버지의 혈관을 흐르다가 마침내 뇌를 잠식하고 모든 것을 집어삼켰다. 꼬인 혀로 욕설을 내뱉으며 주먹을 휘두를 때 내가 알고 있던 아버지는 사라지고 없었다. 술에 삼켜진 괴물일 뿐이었다. 어쩌다 한 번씩, 괴물과 싸울 때도 있었다.

이번에는 반드시 이길 거라 다짐하고, 남아 있던 술을 버리고 술병을 깨뜨렸다.

벅, 벅, 벅.

단칸방에 아버지가 온몸을 긁는 소리가 울렸다. 살갗을 타고 벌레가 기어다닌다며 피가 나도록 긁어댔다. 흰색 러닝셔츠는 붉은 핏자국으로 가득했다. 긁기를 멈추면 구직활동에 나섰다. 하지만 학력도 없고 추레한 남자를 써주는 데는 어디에도 없었다. 아버지의 긁힌 자존심과 쪼그라든 자아는 괴물을 불러왔다.

나는 아버지가 쭉 괴물이길 바랐다. 학교가 끝나고 방문을 열 때, 다시 술 냄새가 나지 않나 킁킁거릴 때의 긴장감이 싫었다. 술 냄새가 진동하고 혀 꼬인 소리가 들려올 때면 오히려 안도감이 들었다. 헛된 희망이 사라진 것에. 나와 어머니의 괴물은 아버지였다.

진짜 괴물을 만나기 전까지는.

*

변기찬이 그 생각을 떠올린 건 막힌 변기를 뚫느라 땀을 한 바가지 흘린 다음이었다. 누가 변기 안에 화장지 반 개는 집어넣은 모양이었다. 고무장갑을 끼고 화장지를 걷어내고 뚫어뻥을 심폐소생술 하듯 압박하고 풀기를 반복했다. 하지만 한번 막힌 변기는 쉽사리 뚫리지 않았다. 결국 손가락을 안으로 넣어 부러진 나무젓가락을 꺼내고 나서야 물이 정상적으로 내려갔다.

보통 여자 화장실은 여자 청소원이 들어가지만, 어려울 때는 기찬을 불렀다.

"기찬 님, 어디세요?"

청소 주임의 호출이었다.

"막 점심 먹으려던 참……."

"정말 죄송한데요, 3층 여자 화장실 좀 가주실 수 있을까요? 급한 상황이라……."

딸뺌인 청소 주임의 목소리에 짜증이 솟구쳤다. 한껏 예의를 차리긴 해도 상대방의 상황 따윈 안중에도 없는 태도였다. 욕지거리가 튀어나오려는 것을 간신히 삼켰다.

"주영 씨가 가면 안 될까요?"

"이미 가보셨으나 해결되지 않았어요."

기찬은 알겠다며 아직 음식이 가득 남은 식판을 그대로 반납했다. 화장실 뒤처리를 하고 밥맛이 있을 리가 없다. 조치를 마치고 몇 번 손잡이를 내려 물이 정상적으로 내려가는 것을 확인한 뒤 주섬주섬 청소 도구를 챙겼다.

칸막이 밖에서 여자 승객들의 목소리가 들렸다. 화장실 입구에 남자 청소원이 수리 중이라는 팻말을 세워놨지만 소용없었다.

기찬을 발견한 30대 여자가 비명을 질렀다.

"어머, 이 아저씨 뭐야!"

기찬은 머리를 조아리며 청소 도구를 들고 얼른 밖으로 나왔다.

"미안해요. 다 끝났습니다."

갑판으로 올라가는 원형 계단 앞에는 승객들의 노래자랑이 한창이었다. 윤중로란 트로트 가수가 노래 여행이란 명목으로 유치한 단체 관광객이었다.

야외 갑판에 마련된 흡연 구역을 찾았다. 바닷바람을 맞으니 역한 냄새가 좀 가시는 것 같았다. 흡연 구역에는 서너 명의 남녀가 연초나 전자 담배를 피우고 있었다. 기찬도 서둘러 보헴 시가 미니에 불을 붙였다. 담뱃갑에 '흡연하면 수명이 짧아집니다'라고 쓰여 있었다.

기찬은 주머니에서 박카스를 꺼내 뚜껑을 열고 단숨에 들이켰다.

"크흐."

쓰디쓴 액체가 식도를 타고 넘어가면서 기침이 튀어나왔다. 기찬은 얼른 담배 연기를 내뿜어 냄새를 감췄다. 박카스병에는 선내 편의점에서 사서 따라둔 빨간 뚜껑 소주가 들어 있었다. 점심에 반주로 마시려고 했었는데, 안주도 없이 들이켜니 속에서 후끈한 열기가 올라왔다. 빈속에 마신 술에 머리가 핑 돌았다.

'나도 다 됐군.'

흐릿한 머릿속으로 화장실에서 했던 생각이 비집고 들어왔다. 그것은 철 지난 유행가 가사처럼 떨쳐내려고 하면 할수록 계속해서 뇌리를 맴돌았다.

*

기찬이 물었다.

"어머니, 크루즈 여행 가실래요?"

어머니는 떨리는 숟가락으로 미역국을 먹느라 아무 대답도 없었다. 식탁은 흘린 국물과 미역으로 너저분했다. 미역이 자꾸 숟가락에서 미끄러져 정작 입으로 들어가는 것은 거의 없었다.

"미역국이 입에 맞으세요?"

용케 그 말은 알아들었는지 어머니의 고개가 끄덕였다.

"왜 미역국을 끓였는지 아세요? 오늘이 어머니 여든 살 생일이에요. 원래는 여든한 살인데 어떤 양반 덕분에 한 살 줄었어요."

기찬은 자기 밥을 덜어 어머니 국에 말았다.

"팔순 잔치 대신 크루즈 타고 청도 한번 다녀옵시다."

미역 대신 흰 쌀알이 식탁으로 뚝뚝 떨어졌다. 어머니의 치매가 심해진 건 무릎 인공관절치환술을 마친 다음이었다. 전에도 치매 기가 있기는 했지만, 일상생활이 불가능할 정도는 아니었는데 수술하고 부쩍 심해졌다.

젊어서 고생한 어머니는 무릎 통증을 달고 살았다. 아버지는 늘 술에 취해 있었고, 생활비를 버는 것은 어머니의 몫이었다. 리어카에 달걀이나 신발 등을 싣고 달동네를 오르락내리락하며 팔았는데, 내리막이 더 곤욕이었다. 아무리 지그재그로 내려와도 리어카와 짐의 하중을 버티기엔 무리가 있었다. 어머니는 오십이 되기 전에 계단을 뒷걸음질로 내려가야만 했다. 근육주사로 버티다가 결국 몇 년 걸려 양쪽 무릎 모두 인공관절치환술을 받았다. 지금도 어머니의 무릎에는 지렁이 같은 검붉은 흉터가 세로로 길게 나 있다.

"벌써 회사에 휴가도 받아놓고 입금도 끝냈어요. 그러니 그렇게 알고 계세요."

기찬은 일부러 자기가 일하는 크루즈를 선택해서 예약했다. 매일 기관실 바닥 청소만 하고 변기만 뚫던 크루즈에 손님으로 타보고 싶었다. 기찬이 원래부터 그 일을 했던 건 아니었다. 그저 흔히 말하는 망테크를 밟았을 뿐이다. 젊어서부터 다니던 중소기업에서 희망퇴직 하고 받은 퇴직금으로 음식 장사나 해볼까 하다가 코로나를 맞아 빚만 잔뜩 지고 폐업했다. 설상가상으로 아내가 유방암에 걸렸다. 수술을 받고 잘 회복하나 했더니 재발해 이태 전에 죽고 말았다. 아이도 없고 형제도 없는 기찬에게 남은 건 병든 어머니의 독박 간호뿐이었다. 한번 크루즈를 타면 며칠씩 걸리는 일인지라 난감할 때가 한두 번이 아니었다. 요양원 비용을 감당할 수도 없고 간병인을 둘 형편도 아니라 밖에서 문을 잠그고 갈 수밖에 없었다. 문을 열어 두면 집을 나가 돌아오지 못하는 어머니를 경찰서에서 찾아온 적이 여러 번이었다.

크루즈에서 돌아오면 집은 언제나 난장판이었다. 오물을 덕지덕지 바르고 있는 어머니, 꺼내 먹고 냉장고에 넣지 않아 썩은 음식들, 제대로 물을 내리지 않아 냄새가 진동하는 화장실. 어머니를 씻기고 난장판인 집을 청소하고 썩은 음식을 버린 다음 새로 음식을 하고 식탁에 마주 앉아 이런저런 이야기를 늘어놓는 것이 일상이었다. 언제부턴가 며칠 만에 집에 돌아와 현관문을 열 때면 코를 킁킁거리는 버릇이 생겼다. 아버지가 술을 마셨는지 살필 때처럼, 어머니의 죽음을 확인했다.

*

객실은 침대가 두 개인 곳을 잡았다. 비용은 부담됐지만 마지막이라고 생각하고 무리를 했다. 객실 안에 개인 화장실과 샤워 시설도 갖춰져 있었다. 캐리어에서 짐을 꺼내 정리하고 어머니 팔짱을 끼고 밖으로 나왔다. 선내 편의점에 들렀다.

“드시고 싶으신 거 고르세요.”

“아무거나?”

기찬이 고개를 끄덕이자, 어머니는 아이처럼 해맑게 웃으며 편의점 여기저기를 기웃거렸다. 기찬은 바구니를 들고 빨간 뚜껑 소주 두 병과 맥주 몇 캔을 샀다. 어머니는 초콜릿과 과자, 사탕 따위를 한 아름 들고 있었다. 기찬이 바구니를 내밀자 우르르 쏟아놓았다. 노란색 포장지에 담긴 익숙한 과자도 있었다. 사브레였다.

"이것도 드시게요?"

어머니가 또렷한 목소리로 말했다.

"아들 먹어."

기찬은 멈칫하며 어머니 눈을 들여다봤다. 가끔 총기가 돌아올 때면 기찬을 아들이라고 불렀다. 다른 때는 여보, 기찬 아빠로 불렀다가 아예 누군지 알아보지 못할 때도 있었다. 성냥불 같은 총기는 금세 사라지고 없었다.

"고마워요."

기찬은 사브레를 바구니에 넣고 계산대로 향했다. 바구니를 올리니 안면이 있는 소영이 알은체했다.

"어, 아저씨. 오늘은 일 안 하세요? 옷도 멋지게 차려입으셨네요."

"오늘은 손님, 여기는 우리 어머니."

소영이 예의 바르게 고개를 숙였다.

"안녕하세요."

어머니는 계산도 하지 않은 초콜릿 포장지를 이로 물고 뜯었다.

"계산하고 드셔야죠."

"싫어! 내 거야!"

기찬이 초콜릿을 빼앗으려 하자, 어머니가 냉큼 챙겨서 편의점 바깥으로 도망갔다.

"미안해."

"괜찮아요. 같은 걸로 찍으면 돼요. 어머님께서 좀……."

"응, 편찮으셔."

"고생이 많으시네요."

"고마워."

계산을 마치고 봉투에 담아 편의점을 나왔다.

어머니는 4층으로 올라가는 계단에 앉아 입술에 초콜릿을 잔뜩 묻히고 먹고 있었다. 벌써 절반이나 사라지고 없었다. 기찬은 어머니 손에서 초콜릿을 빼앗아 봉투에 넣었다.

"그만 드세요. 당 올라."

"줘!"

"바깥바람 좀 쐬어요."

계속 칭얼거리는 어머니의 입과 손을 물티슈로 닦아주고 겨드랑이를 잡아 일으켰다. 계단을 조심스럽게 올라 야외 갑판으로 나갔다. 크루즈는 어느새 망망대해로 나가 있었다.

어머니는 초콜릿도 잊은 채 탄성을 질렀다.

"와아!"

온통 새하얀 어머니의 머리카락이 바람에 흩날렸다. 기찬은 모시고 나오기 전에 염색이라도 해드릴 걸 후회했다. 아내가 살아 있을 때는 종종 집에서 염색도 해드렸는데, 아내가 죽고는 미용실에 모시고 갈 엄두도 나지 않아 그냥 내버려두었다.

"어머니, 너무 난간 가까이 가지는 마세요."

어머니는 난간에 바짝 붙어 넋놓고 바다를 바라보았다. 기찬은 편의점 봉투에서 소주를 꺼내 뚜껑을 열고 서너 모금을 들이켰다. 봉투에서 사브레를 꺼냈다. 기찬이 어렸을 때 사브레는 쉽게 먹을 수 없는 고급 과자였다. 맛은 희미해졌지만, 독특한 향과 바삭한 식감이 충격적이었다는 것은 기억에 남아 있었다.

개별 포장지를 벗기고 동그란 과자를 한 입 베어 물었다. 맛과 향은 달라지지 않은 것 같은데 늙은 기찬의 입맛에는 너무 달았다. 쓴 소주를 몇 번이나 삼키고서야 달큼한 향이 사라졌다. 초등학교 때 어머니와 친하게 지내던 이모 지갑에서 돈을 훔쳤던 적이 있었다. 특별한 계기가 있었던 것도 아니고 그냥 충동적으로 한 행동이었다. 이모는 시장에서 구제 장사를 해서 현찰이 많았고, 가끔 어머니에게 급전을 빌려주곤 했었다. 그날도 친구인 이모 아들과 방에서 놀다가 화장대에 놓인 지갑을 발견하곤, 지폐 한 장을 빼냈다. 쿵쾅거리는 심장을 안고 더 놀다 가라는 말도 듣는 둥 마는 둥 밖으로 나왔다. 동네 가게에서 지폐를 건네고 사브레를 샀다. 가게 주인아저씨가 어디에서 돈이 났냐고 해서 용돈으로 받았다고 대답했다. 골목 어두운 곳에 앉아 한 통을 다 먹었다. 목에 걸려 빽빽한데도 꾸역꾸역 욱여넣었다. 남은 것을 버리지도 집에 갖고 가 해명할 자신도 없었다.

저녁에 어머니가 이모 지갑에서 돈을 훔쳤냐고 물었다. 처음에는 아니라고 했다가, 가게 주인아저씨한테 다 들었다는 말을 듣고 사실을 고백했다. 어머니는 그길로 어린 기찬의 손을 잡고 이모를 찾아가 돈을 돌려주게 했다. 돌아오는 길에 어머니는 사브레를 사서 기찬의 손에 들려주었다.

이후로 기찬이 아버지에게 맞거나, 어머니가 맞는 모습을 볼 때마다 어머니는 사브레를 사주었다. 아버지의 눈을 피해 집 앞 구석진 곳에서 달큼하고 모래처럼 부서지는 과자를 씹고 또 씹었다.

*

"감기 걸려요. 들어가요."

기찬이 난간을 붙잡고 버티는 어머니 팔짱을 끼고 갑판 아래로 내려갔다. 밴드음악 소리와 함께 트로트 가수가 진행하는 노래 경연이 한창 진행되고 있었다. 잘 기억나지 않는 한두 곡의 히트곡이 있는 윤중로라는 가수가 '윤 스타와 함께하는 노래 여행'이란 타이틀로 단체 승객을 모집해서 운영하는 프로그램이었다. 4층 난간이나 무대 옆 계단에도 많은 사람이 서거나 앉아서 공연을 관람하고 있었고, 스마트폰으로 촬영하는 이들도 더러 있었다. 임영웅이 경연에 나와 불렀던 노래를 어설프게 따라 한 아줌마가 박수를 받으며 무대를 내려갔다.

"다음 참가자 모시겠습니다. 서울에서 오신 오종훈 씨. 무대로 올라오시죠."

30대 초반으로 보이는 남자가 성큼 무대로 나갔다.

윤중로가 너스레를 떨었다.

"안녕하세요. 어떻게 윤 스타와 함께하는 노래 여행에 참여하시게 되셨습니까? 제 팬이라기엔 너무 젊으신데요."

"이번에 결혼하게 되어서요. 식 올리기 전에 신부 될 사람과 함께 부모님 모시고 왔습니다. 부모님이 윤 스타 님 팬이어서 너무 좋아하시네요."

"요즘 세상에 이런 효자가 있네요. 아버님, 어머님. 손 한번 들어주세요."

60대 초반으로 보이는 부부와 젊은 여자가 손을 들었다.

"오! 이분은 여동생이신가요?"

윤중로가 젊은 여자를 가리키며 묻자, 손들었던 남자가 "며느리요!" 하고 소리쳤다.

"뭐가 급해서 결혼 전에 시부모님을 따라왔대요? 설마 방은 따로 잡았죠?"

짓궂은 질문에 여자가 얼굴이 빨개져서 고개를 끄덕였다. 왁자한 웃음이 터져나왔다.

"하하, 요즘 세상에는 흉도 아니죠. 안 그래요? 그럼 부르실 곡목은?"

오종훈이 영탁의 〈막걸리 한잔〉을 선택하고는 구성지게 불러댔다. 가사 가운데 아버지가 나오는 대목에서는 아버지를 지목하며 흥을 돋웠다. 윤중로도 신나서 탬버린을 흔들어댔다. 장내가 순식간에 흥겨운 열기로 뒤덮였다.

어머니가 말했다.

"나도 할래."

"이거 미리 참가 신청한 사람만 나가는 거예요."

기찬은 혹시 몰라 팔짱 낀 손에 힘을 주었다.

"하고 싶어."

그새 오종훈의 노래가 끝났다. 사회자가 다음 사람을 호명하려는 순간, 어디에서 난 힘인지 어머니가 기찬을 뿌리치고 앞으로 튀어나갔다.

어머니가 오종훈의 마이크를 빼앗아 들고 말했다.

“저요. 〈아씨〉.”

“성함이?”

“이미자.”

“이미자 가수 선생님 말고, 손님 성함이요.”

“이미자.”

윤중로가 스태프에게 눈짓으로 명단 확인을 재촉했다. 당황한 스태프가 명단을 훑더니 고개를 저었다.

기찬이 얼른 어머니 손을 잡고 말했다.

“죄송합니다. 어머니께서 좀 편찮으셔서요.”

순간적으로 윤중로의 시선이 객석을 훑었다. 돌발 상황에 더 많은 사람이 스마트폰으로 촬영하고 있었다.

윤중로가 느끼할 정도로 다정한 목소리로 물었다.

“잠깐만요. 어머님이 어디가 편찮으신가요?”

갑자기 태도를 바꾸는 그에게서 SNS 미담을 노리고 있다는 게 노골적으로 보였다. 기찬은 어울려주기로 했다.

“치매를 앓고 계세요.”

“저런…….”

“팔순 기념으로 시작한 여행이에요.”

“성함이?”

“진짜 이미자 가수 선생님하고 같은 이미자세요. 이름이 같다며 이미자 가수 선생님 노래를 종종 따라 부르곤 하셨어요.”

"자, 이미자 여사가 부르는 이미자 가수 선생님의 〈아씨〉! 여러분의 힘찬 박수가 필요합니다."

더듬더듬 시작했던 어머니의 노래는 놀라우리만치 정확했다. 아픈 사람이라고는 믿을 수 없을 정도였다. "한 세상 다하여 돌아가는 길 저무는 하늘가에 노을이 섧구나" 하는 부분에서는 눈시울을 붉히는 사람들도 있었다. 하지만 거기까지였다. 어머니는 노래가 끝나자 갑자기 춤을 추기 시작했다.

춤이라기엔 기괴한 몸짓이었다.

흰머리를 흩날리며 빙글빙글 돌고, 치맛자락을 잡고 펄럭였다. 끝내는 끈 떨어진 인형처럼 손발을 허위허위 휘저었다. 기찬은 어머니를 끌어안고 얼른 무대를 내려왔다. 구석에서 숨찬 어머니를 진정시키고 있는데 누군가 어깨를 두들겼다.

"안녕하세요, 기찬 님."

청소 주임 박수진이었다.

*

수진의 손짓에 따라 사람들이 없는 곳으로 자리를 옮겼다. 어머니는 힘든지 통로 바닥에 털썩 주저앉아 가쁜 숨을 몰아쉬었다.

"기찬 님을 뵈어서 다행이에요."

깍듯하게 말하는 그녀의 말에 불길한 느낌이 들었다.

"오늘은 휴가인데 무슨 일이시죠?"

"휴가 중이신 건 아는데 3층 여자 화장실 한번만 봐주시면 안 될까요? 주영 씨가 갔는데 도저히 안 된다고 해서요."

"어머니도 계시고……."

"제가 돌봐드릴게요."

"옷도 없어서."

"사물함에 작업복 있으시잖아요."

기찬이 머뭇거리니 수진이 말을 이었다.

"재계약 기간 얼마 안 남으신 건 아시죠? 휴가 중에도 급한 업무를 마다하지 않으셨다고 좋게 써드릴게요."

"알겠습니다. 어머니 좀 잘 부탁드릴게요."

좁은 계단을 지나 화물칸으로 내려갔다. 3층 객실을 벗어나자 찌든 기름 냄새와 윙윙거리는 엔진 소리가 공간을 메웠다. 에어컨도 없어 금세 목덜미에 땀이 찼다. 화물칸 구석에 있는 휴게실로 들어갔다. 두 평도 되지 않는 휴게실은 걸레나 빗자루, 락스와 같은 청소 도구로 빈틈이 없었다. 작업복으로 갈아입고 화장실로 향했다.

기찬과 갑장인 주영이 화장실 앞에서 기다리고 있었다.

"휴가인데 미안해. 수진 주임보고 해결해달라고 했더니 고새를 못 참고 친구를 잡아왔네. 하여간 싹수없는 년."

"괜찮아, 어딘데?"

"항상 막히는 거기."

칸막이 문을 여니 물에 젖은 화장지가 오물과 함께 여기저기 널브러져 있었다. 집히는 바가 있어서 화장지를 깨끗이 제거하고 고무장갑 낀 손을 집어넣었다. 역시나 나무젓가락이 속에 박혀 있었다. 나무젓가락을 쓰레기통에 버리고, 뚫어뻥을 몇 번 움직이니 물이 내려갔다.

주영이 짜증 섞어 말했다.

"도대체 왜 여기만 이러지?"

"막힐 때 특이한 일은 없었어?"

"화장실 청소가 뭐 특이한 게 있겠어. 맨날 그게 그거지. 꼭 수진 주임이 근무할 때만 되면 막혀서 쿠사리를 먹네. 그런데 그건 왜 물어?"

"아니야, 마무리 부탁해."

"휴가 잘 보내. 수진 주임이 또 안 부르게 최선을 다해볼게."

기찬은 손을 흔들어 인사를 하고 휴게실로 내려가 옷을 갈아입었다. 3층으로 올라와 수진을 찾았다. 그새 노래 경연은 끝나고 무대를 철거하고 있었다. 객실 통로를 둘러보아도 수진과 어머니는 보이지 않았다.

다급한 발걸음으로 선미를 향해 뛰었다.

객실 문이 벌컥 열리고 수진이 튀어나왔다.

"주임 님! 어머니는요?"

"갑자기 객실에서 콜이 들어와서……. 잠깐 휴게실에서 잡지라도 보고 계시라고 했는데요. 안 계세요?"

기찬은 더 듣지도 않고 3층 중앙에 있는 휴게실을 향해 뛰었다. 신문이나 잡지를 보는 사람들보다는 스마트폰을 들여다보는 사람이 대부분이었다. 그들 가운데 어머니는 없었다. 애초에 치매에 걸린 노인이 진득하게 뭔가를 들여다보고 있을 거라는 것 자체가 가망이 없었다. 선수 쪽 식당을 뒤져보아도 없었다. 에어컨이 틀어져 있음에도 땀이 뚝뚝 떨어졌다. 4층과 5층, 갑판까지 올라가 봤지만 어머니는 어디에도 없었다.

어쩔 수 없이 사무실을 찾아가 방송을 부탁했다.

"사람을 찾습니다. 흰색 치마에 분홍색 카라 티셔츠를 입고 있는 80대 여성을 보호하고 계신 분은 가까이에 있는 승무원에게 알려주시길 바랍니다. 성함은 이미자 씨로 노인성 치매를 앓고 계십니다. 다시 한번 말씀드립니다……."

맥이 풀린 기찬은 사무실 소파에 털썩 주저앉았다. 직원이 물병을 건넸다. 미지근한 물을 들이켜면서 술이었으면 하는 생각이 들었다. 아버지는 술을 하루 종일 마셨다. 골초가 줄담배를 피우듯 술병이 비우면 다른 병을 찾고, 지치면 쓰러져 잤다. 깨면 다시 술을 찾았다. 소주만 마시다가 몸이 견디지 못하자 막걸리로 바꿨다. 그래도 쓰러질 때까지 마시는 건 변하지 않았다. 결국 아버지는 음식은 새 모이만큼 먹고 술로만 연명했다.

그나마 집에서 자고 있을 때가 나았다. 전화가 울리면 경찰서였다. 주사를 부리거나 길에서 자다가 잡혀간 거였다. 기찬은 아버지가 집 전화번호를 영원히 잊어버리기를 바랐다. 나간 길로 다시는 돌아오지 않기를 바랐다. 얼마나 상념에 잠겨 있었을까, 직원이 찾았다고 말했다.

어머니는 바다가 보이는 탁자에 앉아 라면을 먹고 있었다. 맞은편에는 아까 노래를 불렀던 오종훈이란 청년과 예비 신부가 앉아 있었다. 기찬은 먼저 고맙다는 인사부터 했다.

"어머니가 결례를 범하지는 않으셨나 모르겠네요."

예비 신부가 수줍게 말했다.

"아닙니다. 저희가 한강 라면 끓이는데 한참 보고 계시더라고요. 그래서 할머님 몫으로 하나 더 끓였어요."

하지만 상황은 그렇게 간단하지 않았을 것이다. 식당 칸 앞에는 자판기에서 라면을 선택해 직접 끓여 먹을 수 있는 조리기가 몇 대 있었다. 평소처럼 식탐이 발동한 어머니가 막무가내로 이들의 라면을 빼앗았을 공산이 컸다.

"죄송합니다. 라면값은 드리겠습니다."

기찬이 주머니에서 만 원을 꺼내 건넸다. 한사코 받으려고 하지 않는 오종훈을 피해 예비 신부 손에 지폐를 욱여넣었다.

두 사람이 자리를 뜨고 어머니가 라면을 다 먹을 때까지 기찬은 선창 밖을 바라보았다.

밤이 되자 어머니를 씻기고 일찍 잠자리에 들었다. 어머니 코 고는 소리가 들리자 살그머니 자리에서 일어나 객실 잠금장치를 풀었다. 뒤척이던 기찬도 이내 잠이 들었다.

*

소동 이후로는 별다른 사고 없이 흘러갔다. 다음 날 눈을 떴더니 어머니는 얌전히 침대에서 자고 있었다. 청도항에 내려서는 호텔에 묵으면서 어머니의 체력이 허락하는 대로 몇 군데 관광지를 돌았다. 맥주 박물관에서 시원한 맥주도 마시고, 부둣가에서 오징어 꼬치 같은 것도 먹고, 붉은색 횃불 같은 탑이 있는 곳에서 사진도 찍었다. 중국풍 빨간 신발도 샀다. 어머니는 신발이 마음에 들었는지 계속 그것만 신겠다고 고집을 부렸다.

배가 청도항에서 출항하자 갑판으로 사람들이 모여들었다. 윤중로 무리는 한데 어우러져 손뼉을 치며 노래를 부르고 환호성을 지르고 있었다. 기찬은 사람들을 피해 어머니와 갑판 구석진 곳에 자리를 잡았다. 소주 두 병과 간단한 안주가 담긴 비닐봉지를 앞에 두었다. 종이컵 두 개에 소주를 가득 따라 하나를 어머니에게 건넸다.

어머니는 소주를 벌컥 마시더니 인상을 찌푸렸다.

“써!”

“크큭, 예전에는 작심하고 대작하면 아버지도 이긴다는 양반이 소주가 쓰다니. 우리 어머니도 다 됐네. 그래, 여행은 즐거웠수?”

어머니는 아무런 대답이 없이 어딘지 알 수 없는 곳을 멍하니 응시하고 있었다. 기찬도 알고 있었다. 어딜 가든지 어머니에게는 별다른 차이가 없다는 것을. 여기저기 끊어지고 무너진 뇌 속 어딘가에 갇혀 있다는 것을. 어디선가 사람들의 환호성인지 비명인지 알 수 없는 소리가 들려왔다. 여행의 흥분을 가라앉히기 힘든 모양이었다. 어쩌면 며칠 동안 피부은 알코올의 영향인지도 몰랐다.

기찬은 종이컵에 담긴 소주를 한 번에 들이켰다.

“어머니, 이번 여행이 마지막이야. 아들도 지쳤어.”

어머니는 여전히 아무 말도 없었다.

“한국에 도착하기 전 어딘가에서 어머니 먼저 내리는 거야. 알겠어?”

어머니가 들고 있던 종이컵을 빼앗아 남아 있는 소주를 단숨에 마셨다. 속에서 뜨거운 불길이 솟구쳤다. 사람들의 비명이 더 커졌다. 무언가가 점점 더 다가오는 것 같은 느낌이 들었다.

"CCTV가 어디 있는지 어디가 사각지대인지 속속들이 알고 있거든. 몰래 숨어서 담배나 술을 마시느라. 크크. 그래서 굳이 내가 일하는 지수호를 탄 거야. 일부러 어머니를 찾는 방송도 했어. 지수호에 탄 승객 대다수가 치매를 앓고 있는 80대 어머니를 모시고 여행 온 어떤 남자에 대해 어렴풋이라도 기억할 수 있게."

기찬은 말을 끊고 어머니의 눈을 바라봤다. 상황을 이해하고 있다는 일말의 조짐도 없었다. 결심을 실행하겠다는 의지가 더 강해졌다. 더 이상 어머니가 아니었다. 숨 쉬는 통나무와 다를 바가 없었다.

"생명보험? 그딴 걸 바라는 게 아냐. 보험 실효된 지 옛날이고, 실종은 사망 확인이 되어야 해. 돈 때문이 아니란 걸 알아줬으면 해……. 누구나 한계란 게 있잖아. 아들은 그냥 지친 거야. 미안해, 엄마."

기찬의 목소리에 물기가 섞였다. 어머니가 주머니에서 화장지에 감싼 무엇인가를 꺼내 기찬의 손에 쥐여줬다. 부서지고 눅눅해진 사브레 두 개였다. 아까 마신 소주의 쓴맛이 울컥 올라왔다. 사브레 하나를 입에 넣었다. 여전히 달짝지근하고 향긋했다. 몇 번 씹지도 않았는데 모래처럼 부서졌다. 그리고 어머니도 과자처럼 부서졌다.

*

3미터는 될 듯한 거대한 괴물이 어머니를 머리부터 씹어 먹고 있었다. 우적거리는 소리가 천둥처럼 들렸다. 기찬은 눈으로 보면서도 실인증(失認症)에 걸린 것처럼 상황을 이해할 수 없었다. 다급히 주변을 둘러보았다.

갑판에서 수다를 떨고 있던 승객들이 난도질되어 있었다. 피비린내가 진동했고, 뜯겨나간 살점과 내장이 갑판을 뒤덮고 있었다. 윤중로는 상체와 하체가 나뉘어 꿈틀거리고 있었다. 곧 윤중로의 얼굴이 기괴하게 변했다. 마치 괴물처럼. 그리고 입을 쩍 벌려서 반으로 나뉜 자기 다리를 뜯어먹기 시작했다.

"우웩!"

코와 입으로 소주가 뿜어져 나왔다. 눈물이 범벅이 된 눈으로 앞을 바라봤다. 괴물은 어머니를 거의 다 먹어치우고 시뻘건 눈으로 기찬을 노려보았다. 뇌는 계속해서 도망가라고 경고했지만, 다리가 전혀 움직이지 않았다. 뭔가 무기가 되거나 하다못해 지팡이가 될 만한 거라도 찾으려고 했으나 보이지 않았다. 필사적으로 다리를 두들겼으나 소용없었다. 그사이 괴물은 어머니를 무릎까지 집어삼켰다.

괴물은 입맛을 쩝쩝 다시더니 괴성과 함께 무엇인가를 기찬을 향해 뱉었다. 달걀처럼 생긴 것 몇 개가 갑판에 몇 번 튕기더니 기찬의 다리 앞에 떨어졌다. 피와 살점이 묻어 있어도 무엇인지 알아볼 수 있었다. 수술과 재활을 위해서 몇 번이나 어머니를 모시고 병원에 다녀서 익숙했다. 어머니 다리를 엑스레이로 찍으면 양쪽 무릎에서 하얗게 빛나던 인공관절이었다. 기찬은 덜덜 떨리는 손으로 어머니의 관절을 주섬주섬 주워 비닐봉지에 담았다.

소주병을 깨서 손에 들었다. 병이 깨지며 파편이 튀어 손에 피가 났다. 덕분에 정신이 들어 몸을 움직일 수 있었다. 괴물은 얼굴을 갸웃거리며 기찬을 노려보았다. 기찬은 몸을 돌려 갑판을 벗어나기 위해 뛰었다.

덜컥.

무언가에 걸려 넘어졌다. 윤중로였던 괴물이 팔로 기찬의 다리를 걸어 넘어뜨린 것이다. 놈은 입맛을 다시며 기찬을 향해 두 팔로 기어왔다. 기찬은 들고 있던 소주병으로 놈의 눈알을 있는 힘껏 찍었다. 그와 동시 피가 솟구치며 끔찍한 비명이 새어 나왔다.

그제야 사태의 심각성을 알 수 있었다. 최초의 괴물이 무엇인지 모르겠지만 그것에 물리면 같은 괴물이 된다. 그렇다는 건 승객 모두가 괴물로 변할 수도 있다는 것이다. 기찬은 벌벌 떨면서도 바닥을 짚고 일어섰다. 일단 갑판을 벗어나야 한다. 구르듯 계단으로 뛰어들었다. 그러자 기다렸다는 듯 오종훈이 갑판으로 통하는 철문을 잠갔다.

"괜찮으세요?"

"무…… 무슨 일이죠?"

"저희도 모르겠습니다."

둘러보니 오종훈과 예비 신부, 수진이 함께 모여 있었다. 각자 소화기 빗자루 등을 무기라고 들고 있었다.

쾅, 쾅, 쾅.

괴물이 된 윤중로가 문을 두들겼다. 둥그런 유리창에 얼굴을 들이밀었다. 소주병에 찔린 눈알이 덜렁거리고 있었고, 기괴하게 변한 턱이 악어처럼 크게 벌어져 딱딱거렸다. 놈은 철문에 몸통을 부딪치다가 대가리로 유리창을 두들겼다. 소주병이 얼굴을 파고들어 피와 살점이 튀는 것도 아랑곳하지 않았다. 급기야 창문이 금이 가기 시작했다.

"일단 내려갑시다."

*

사람들은 객실 안에 문을 잠그고 숨어 있었다. 기찬 일행이 문을 들여보내달라고 소리쳤지만, 열리는 문은 없었다.

쾅, 쾅, 쾅!

갑판 문이 부서지는 건 시간문제였다.

"제발!"

예비 신부와 수진이 애걸했지만, 사람들은 냉담했다.

콰앙!

굉음과 함께 갑판과 선실을 가르고 있던 문이 찢겨 날아갔다. 어머니를 먹은 괴물과 더불어 괴물이 된 윤중로, 다른 괴물들도 우르르 선실 안으로 밀려들었다. 얼굴을 알아볼 수 있는 괴물도 있었고, 팔이나 다리와 같은 신체 일부가 기괴하게 변형된 괴물도 있었다. 공통으로 날카로운 이빨이 가득한 입이 새로 돋아나 있었다. 놈들은 쩝쩝거리며 먹잇감을 찾고 있었다. 기찬 일행은 4층과 3층 객실을 두드리고 다녔지만 소용없었다.

편의점 계산대 뒤에 웅크리고 있던 소영이 튀어나왔다.

"아저씨!"

기찬이 소영의 손을 잡고 외쳤다.

"아래로!"

사람들은 기찬을 따라 화물칸으로 내려갔다. 비좁은 계단을 내려가기 전에 철문을 잠갔다. 찌든 기름 냄새가 훅 밀려왔다.

기찬이 수진에게 물었다.

"구조 요청이 갔을까요?"

하지만 수진은 공포에 질려 아무 말도 없었다. 저러다가 기절하는 것이 아닌가 싶었다.

오종훈이 말했다.

"분명히 선장이 연락했을 겁니다. 청도항을 떠난 지 얼마 되지 않았으니 중국 쪽에서 군이나 구조대가 올 거예요. 그때까지만 숨어 있으면 됩니다."

오종훈의 팔에는 예비 신부가 꼭 붙어 있었다. 기찬은 상황이 그렇게 희망적으로 보이지 않았다. 증식하는 괴물에게 총이 통할지도 미지수였고, 심각한 경우에는 지수호와 생존자 모두를 수장시킬 가능성도 있었다. 지금 사태에 중국 정부가 어떤 이유로 관련되어 있다면 충분히 가능한 이야기였다.

비명이 점점 더 가까워지고 있었다. 사람들의 비명에 쩝쩝 소리와 뼈가 부서지는 소리가 섞였다. 기찬은 용기를 내 유리창 너머를 노려봤다. 대장 격인 괴물이 느긋하게 식욕을 채우는 동안, 점점 더 불어난 괴물들이 앞다투어 몰려들고 있었다. 재난을 피해 달아나는 쥐 떼처럼 그들을 향해 몰려들었다. 철문이 아무리 튼튼하다고 해도 저들의 하중을 얼마나 버틸지 알 수 없었다. 그때, 기찬이 무엇인가를 발견하고 눈을 부릅떴다. 빨간 신발을 신은 무엇인가가 무리 가운데 섞여 있었다. 무릎이 있던 부분이 입으로 변해 입맛을 다시고 있었다. 지수호에 오를 때 새로 산 신발이 벗겨지지 않게 신발끈을 단단히 묶어주었던 것이 기억났다.

철문 밖에서 놈들의 공격이 시작됐다.

쾅, 쾅, 쾅.

기찬이 사람들을 청소원 휴게실로 이끌었다.

“휴게실로 갑시다.”

기찬이 오종훈에게 물었다.

“예비 신부 이름이 뭐죠?”

오종훈 옆에 꼭 붙어있는 예비 신부가 대답했다.

“이예지예요.”

“이예지 씨, 저희 어머니에게 맛있는 라면을 대접해줘서 고마워요.”

“아……. 네.”

“소영이도 고마워.”

“제가 뭘 했다고요. 근데 아저씨, 어머니는요?”

“밖에 있어.”

소영이 입을 다물었다.

끼기긱.

철문이 뒤틀어지는 소리가 들려왔다. 휴게실에 들어가니 두 평도 되지 않는 공간에 사람이 꽉 들어찼다.

기찬이 쪼그리고 앉아 덜덜 떨고 있는 수진에게 물었다.

“왜 그랬어요?”

수진이 날카롭게 대꾸했다.

“뭐가요?”

"화장실, 왜 그랬냐고요!"

"그게 무슨 말이에요?"

"모를 거라고 생각했어요? 나무젓가락과 화장지를 이용한 방식. 한 번이라면 우연이라 하겠지만 같은 방법으로 계속해서 문제가 생긴다고요? 그건 늘 같은 지수호를 이용하는 근무자 가운데 하나라는 뜻이에요."

"그래서요? 증거 있어요?"

"이 마당에 증거가 필요한가요? 죽을지 살지도 모르는데."

수진이 앙칼진 목소리로 울부짖었다.

"히힛, 그것도 그러네. 그래……. 내가 했어. 왜 서울대 나온 내가 이런 거지 같은 지수호에 처박혀서 청소나 해야 하는데? 그래서 스트레스 좀 풀었어. 어쩔 건데? 오늘내일 간당간당하는 늙다리 청소부 주제에!"

쿵, 쿵, 쿵.

육중한 무엇인가가 계단을 내려오는 소리가 들려왔다. 기찬은 들고 있던 비닐봉지를 무릿매처럼 힘차게 수진의 머리를 향해 휘둘렀다. 무엇인가 부서지는 소리와 함께 철로 만든 인공관절이 여기저기로 튀었다. 기찬은 쓰러진 수진의 머리카락을 움켜쥐고 휴게실 바깥으로 끌어다 놓았다. 사람들은 기찬의 행동을 보면서도 아무도 제지하지 않았다.

안쪽에 쌓인 락스를 비롯한 청소 용액을 밖으로 옮겨 수진 몸뚱이와 이곳저곳에 뿌렸다. 주머니에서 보헴 시가 미니를 꺼내 불을 붙였다. 맵싸한 연기가 락스와 기름 냄새를 대신했다. 지저분한 냄새였다.

"영화처럼 될지는 모르겠어. 하지만 생각나는 방법이 이것밖에는 없네. 문 단단히 잠그고 있어."

기찬은 휴게실 문을 닫았다. 청도에서 산 빨간 신발을 신은 어머니가 입을 쩝쩝거리며 다가오고 있었다.

*

언젠가 술에 취한 아버지를 업은 적이 있었다. 경찰서에서 데려오는 길이었다. 잠을 자다 죽기 얼마 전이었는데, 어머니가 네 아비한테 그거 하나는 고맙다고 말하곤 했었다. 그렇게 업은 아버지는 놀랍도록 가벼웠다. 괴물에게 다 뜯어먹히고 껍데기만 남은 것 같았다. 나는 그날 받쳤던 삐쩍 마른 엉덩이로 아버지와 괴물을 기억한다.

위래

지수호는 침몰하지 않는다

위래

네이버 오늘의 문학에 「미궁에는 괴물이」를 게재하며 첫 고료를 받았다. 경장편 『허깨비 신이 돌아오도다』, 소설집 『백관의 왕이 이르니』를 출간했고, 웹소설 「마왕이 너무 많다」「슬기로운 문명생활」를 완결한 뒤, 「무능한 마법사의 무한회귀」를 연재 중이다.

갑판 위의 창백한 괴물은 서글픈 듯 먼바다를 바라보고 있었다. 하늘은 맑고 청명했고, 파도는 잔잔해서 여객선을 거의 흔들지 않았다. 괴물은 괴물이 되기 이전부터 입고 있던 제복을 여전히 입고 있었기에, 등 뒤에서만 본다면 다소 덩치가 크고 핼쑥한 사람 정도로 보일 법했다. 하지만 민감한 시각 덕분인지 시야의 외곽에 거의 보이지 않는 곳에 서 있을 텐데도 괴물은 천천히 뒤를 돌아보았다. 헤벌쭉 벌린 크게 찢어진 입은 사과는 물론 수박도 들어갈 수 있을 듯했다. 뱀과 같은 하악골을 목 아래까지 벌리고 있었고, 그 턱 아래로는 점도가 높은 붉은 액체가 진득하게 떨어져내리고, 양손에는 사람의 몸뚱이로 보이는 것을 샌드위치처럼 쥐고 있었다. 사람의 몸은 머리가 없어 양팔과 다리가 축 늘어뜨린 채였고, 괴물이 한발 한발 움직여 돌아볼 때마다 덜렁덜렁 흔들렸다.

괴물이 바라본 것은 바벨의 도서관의 선임 수서관(收書官) 클레어 페어차일드였다. 클레어는 놀라지도 울지도 두려워하지도 않았다. 클레어는 이제 이 모든 것이 지루하고 따분했다. 괴물은 사람을 갈기갈기 찢고, 사람을 산 채로 잡아먹는 무서운 존재고, 한 시라도 긴장을 놓을 수 없는 어떤 변칙성이 있는 것도 사실이지만 결국 클레어가 무수히 상대해본 존재 중 하나였다.

괴물은 알 수 없는 소리로 울부짖더니 먹고 있던 시체를 클레어에게 던졌다. 한 손으로 가뿐히 던져진 시체는 클레어도 알고 있던 몸뚱이였다. 선장인 김영생이었다. 하지만 김영생의 몸은 클레어가 알고 있지 못한 존재가 되었다. 머리가 없는 상태로 비척비척 천천히 몸을 일으키더니 괴물과 같은 비쩍 마른 몸에 피부가 탈색되어 곧 목구멍이 있던 자리에 커다란 구멍이 자라나더니 이빨이 빽빽하게 만들어졌다.

김영생이었던 괴물 옆으로 다른 괴물들이 하나둘 나타났다. 누군가의 팔, 누군가의 다리였던 것이 기어오고 튀어오르며 클레어를 향해 다가왔다. 숫자가 늘어나더니 곧 갑판 위를 가득 채웠다.

클레어가 히팅건을 쥔 손을 고쳐 잡았다. 페인트 제거나 튜

브 수축, 스티커 제거 따위에 사용하는 히팅건은 300도에서 600도 사이의 고열의 바람을 뿜어내는 게 가능하다. 클레어의 히팅건은 클레어의 백팩 안쪽 고용량 리튬 배터리와 연결되어 있었다. 히팅건은 위협적이긴 하지만 즉각적이지 않으므로 무기로서는 하자가 있다고 볼 수 있다. 하지만 클레어는 히팅건을 총처럼 쥐고서 자신을 노리는 괴물들을 향해 겨누었다. 누군가의 머리통이 먼저 클레어를 노렸다.

클레어가 히팅건의 열기를 내뿜자, 허공의 머리통이 600도의 고열을 맞는 순간 그대로 증발해버렸다. 괴물들은 상관없다는 듯 클레어의 빈틈을 노렸다. 클레어도 히팅건을 검처럼 휘둘러대며 괴물들에게 쬐어댔다. 클레어는 괴물이 어쩌면 책과 같은 존재라고 생각했다. 괴물은 물을 건너지 못하는데, 이 또한 종이의 속성이다. 괴물은 뜨거운 열기에 증발해버리는데, 이건 또 틀림없이 잉크의 속성이다. 괴물은 다른 감각에는 반응하지 않고 오로지 시각으로만 활동한다. 점자도서나 오디오북이 존재하지만 플로피디스크가 여전히 저장의 아이콘이듯, 상징적인 면모에서 책은 시각 매체로 알려져 있다.

무엇보다 이상한 것은 괴물의 속성이었다. 괴물은 불가사의한 존재다. 물리적인 제약을 무시하는 움직임이나 그 변환 능력은 책이 만들어내는 환상에 기대는 듯하고, 인간을 잡아먹는 것은 책에게 지배당하는 이의 모습이었다. 인상적인 것은 이런 괴물이라는 존재가 하나의 상태로서 감염된다는 사실이다. 괴물은 그 자체로 물리적인 괴물이면서 동시에 생물학적인 질병이었다. 책도 그렇다. 누군들 자신을 지배하는 책을 다른 이에게 권하지 않겠는가.

괴물은 그 자체로 한 권의 책이었다.

히팅건은 강력한 무기지만 클레어는 곧 괴물의 숫자가 쉽사리 줄어들지 않는다는 걸 알아차렸다. 괴물은 경계할 만큼 충분히 지능적이다. 클레어는 퇴로를 확인하고서, 극장이 있는 이 여객선의 최고층으로 이동했다.

무수한 신체 부위의 괴물들이 클레어에게 눈속임하듯, 달려들 듯하면서 달려들지 않고, 클레어를 건너뛰는 듯 페이크 액션을 취했다. 수많은 특수부대원들도 속아 넘어갔던 현란한 묘기다. 클레어는 그 특수부대원들만큼의 근력도, 기민함도 없었지만 담력은 있었다. 그리고 히팅건도. 두려움을 발하는 저 행동에 속아 넘어가지 않고 신중하게 어디를 노리는지만 안다면, 나머지는 히팅건이 해결해준다. 총은 인간을 위한 무기일 뿐이다. 괴물에겐 괴물을 위한 무기가 필요한 법.

클레어는 극장 입구의 괴물들을 히팅건으로 쓸어내버린 뒤 빠르게 극장으로 들어가 문을 닫았다. 경험에 따르면, 극장만큼은 안전한 장소였다. 여객선 5층의 극장은 96석밖에 되지 않았다. 계단식이긴 하지만 가장 높은 곳과 낮은 곳의 격차는

1미터 남짓이었다. 스크린 크기는 200인치 정도로 일반적인 극장에 비하면 많이 협소한 편이다. 영사실도 극장 내부에 자리해 입구에서 들어오자마자 왼쪽에 있었다.

클레어는 백팩에서 리튬 배터리팩을 꺼내 영사실의 콘센트에 꽂아 충전을 시키곤 화면보호기를 켜서 디지털 자료를 찾았다. 주먹구구식으로 운영된 여객선이다 보니 영화 목록도 대체로 불법 다운로드된 것이 대부분이었다. 클레어는 폴더 내부에 자리한 '불침선 지수호'라는 제목의 파일을 더블클릭했다.

영화 내용은 나쁘지 않았다. 블록버스터를 기대하면 곤란하겠지만 B급 크리처 호러를 기대한다면 평범하게 즐길 수 있었다. 한 중국의 비밀 연구소에서 만들어진 바이러스가 있다. 이 바이러스의 샘플을 몰래 빼내려던 정보원이 한국으로 향하는 여객선에 오르려다가 중국 공안에 의해 발각되어 살해당한다. 그런 와중에 바이러스 샘플이 파괴되면서 한 민간인이 감염되고, 그 사실이 드러나지 않으면서 여객선에 올라타는 것이 이야기의 시작이었다.

1막에서는 여객선에 탄 여러 군중을 보여주면서 이들이 앞으로 어떤 일을 겪게 될 것인지 가늠하게 한다. 그러다 바이러스에 감염된 사람이 가장 많은 장소인 식당에서 괴물로 변이를 시작, 식당 칸에서 고스트 십을 떠오르게 만드는 파국적인 전개로 2막을 연다.

2막에서는 괴물에 대항하는 개개인과 괴물에 죽고 변이당하는 여러 군중이 나오는 이 영화의 진면모가 드러난다. 거인처럼 보이는 괴물은 몸이 잘려도 양쪽으로 분열되어 그대로 활동할 수 있고, 사람을 죽이면 감염시켜 절단된 사람의 몸이 괴물처럼 변해 단독으로 움직인다. 주인공들은 살아남기 위해 그리고 사랑하는 사람의 복수를 하기 위해 힘을 합쳐 괴물을 물리치려고 한다. 그리고 괴물의 약점이 드러난다.

3막에선 괴물을 죽이기 위한 주인공들의 작전과 작전을 수행하다 일어나는 희생이 일어나며 사건이 일단락되고 멀리 뭍이 보이고 구조대가 나타나면서 엔딩크레디트가 올라간다. 그리고 쿠키 영상에서 살아남은 사람 중 하나에게 감염 증세가 드러나는 것이 보이며 영화가 완전히 끝나는 것까지, 크리처 무비의 일반적인 플롯을 따랐다고 볼 수 있었다.

대중 혐오 정서와 코로나바이러스 음모론을 근거로 하는 배경이나 물리학적으로 그 가능성을 염두에 두지 않은 기이한 크리처 설정, 아버지와 딸이나 노모와 아들 또는 이혼을 앞둔 부부 등 구세대 가족 중심의 신파까지 한국영화적 모먼트들을 조합해 만든 영화였다. 독설을 남기는 것으로 유명한 영화평론가 P가 본다면 3점을 주며 '지겨운 신파, 허접한 서사' 정도로 평하겠으나, 관객반응은 나쁘지 않아 관객 수 육백만 정도로 손익분기점을 넘기고 이후 한국 호러 크리처 영화의 가능성을 보여줬다는 이야기 정도는 들을 수 있을 것이다. 클레어는 이런 종류의 영화도 즐겁게 볼 수 있는 편이었다.

하지만 개봉된 영화는 아니었다.

이 영화의 엔딩크레디트에는 영화제작사 S에서 제작, 여러 SF 활극 촬영 경험이 있는 K가 감독, 주연으로는 가족영화 아버지 역의 대표 얼굴인 S, 보기 드문 남성 액션배우인 J, 출연일 기준 신인 여성 배우인 K, 신파의 달인인 중년 여성 배우 Y가 출연한 것으로 나오지만 해당 영화가 제작되었을 것이라 예상되는 기간에 해당 제작진과 감독, 배우들은 모두 다른 스케줄을 진행 중이었다. 당연히 해당 제작자와 감독, 배우들 모두 이 작품에 대해 아는 바가 없었다.

무엇보다 이상한 것은 이 영화가 어디에서도 공개 상영된 적이 없으며, 오로지 이 여객선 안의 소규모 극장의 불법 영화 파일들 사이에 껴 있었다는 것이다. 제작년도가 2010년 4월인데, 그때는 K 감독이 영화 〈제5땅굴〉을 찍을 때였다. 이상한 부분은 이것만이 아니다.

여객선의 이름은 작중 등장하는 여객선 지수호와 동일한 이름으로, 여객선의 곳곳을 살펴보면 이곳을 영화 촬영 로케이션으로 삼았다는 것을 알 수 있다. 심지어 영화 촬영을 위해 카메라를 고정하기 위한 못질 자리까지 뚜렷하게 남아 이곳에서 영화 촬영을 했다는 직접적인 근거도 남아 있다. 사람의 기억과 인지에 기대지 않고 물리적인 사실에만 근거한다면 영화가 촬영된 쪽이 사실이고, 오히려 모두의 기억이 잘못된 것일지도 모른다.

처음에 영화 자체는 주목받지 않았다.

사건으로 비화된 것은 지수호 그 자체였다. 지수호는 유령선으로 발견되어 영화 속 배경인 서해가 아닌 태평양 적도 부근 공해상에서 발견되었다. 지수호 내부에는 살아 있는 사람은 물론 시체도 발견되지 않았다. 선박을 발견한 뉴질랜드 상선은 선박에 쓰인 '지수호'라는 선박명 그리고 선박 내부의 여러 장치을 볼 때 한국 함선이라고 보고, 외교부를 거쳐 해양경찰청에 연락이 닿아 해당 선박을 인양했다. 하지만 인양을 시작하며 조사단이 파견돼 조사했을 때, 해당 여객선 자체가 등록되어 있지 않다는 사실이 발견되었다.

조사단은 이것이 이상 현상이라는 것을 알아차렸다. 해양경찰청은 인양을 중단하고 경찰청 내의 이상 대책실로 이관, 이상 대책실은 해당 여객선이 오키나와와 가깝기 때문에 국제 공조를 위해 미국 CIA 신비 대응 팀과 연락했다. 공조수사 끝에 지수호의 여러 자료를 탐색하던 중 지수호 5층 극장에서 이 영화가 발견되었다.

최초 수사관은 이상 대책실의 조현석, 신비 대응 팀의 새뮤

얼 크로스로 두 사람은 영화 목록을 보던 중 제목 검색이 되지 않는 영화를 발견, 상관에게 보고 후 극장에서 시청을 시작했다. 시청한 두 사람은 즉시, 정확히는 3초 후 연락이 두절되었다. 공조수사 팀은 해당 극장을 집중적으로 수색했으나 두 사람을 발견하지 못했다. 수사 팀은 극장을 폐쇄 조치하고 각국 이상 현상 실험 팀을 꾸렸다.

지수호 현상 실험 팀장인 유오수는 기계를 통한 비접촉 관찰과 미 사형수를 이상 현상 실험에 이용하는 사형수 감형 특례 절차를 이용해 해당 영화가 어떤 속성을 가지는지 알게 되었다.

우선 기계나 훈련된 동물 등으로 영화를 시작하게 하는 것, 그리고 도중에 극장 문을 열고 들어가 영화를 관람하는 것은 아무런 문제도 일으키지 않는다. 덕분에 영화의 내용에 대해서는 몇 번이나 관찰할 수 있었다. 중요한 것은 영화가 시작될 때, 파일을 더블클릭 하고 그것이 프로젝터로 띄워진 직후에 영화관 내부에 사람이 있는 경우였다. 유오수는 이를 관객으로 정의했다.

관객은 영화가 시작된 직후 현실이 아닌 세계로 미끄러진다. 하지만 이 상태는 마치 슈뢰딩거의 고양이 사고실험처럼, 상자를 열기 이전의 상태로 극장의 문만 열어서 개방하지 않으면 아무 문제도 생기지 않는다. 실제로 관객 하나는 유오수의 요구대로 엔딩크레디트가 모두 올라간 뒤 쿠키영상을 본 이후 파일이 더는 재생이 되지 않는 지점까지 기다렸다가 극장을 나왔고, 아무런 사건도 경험하지 않았다. 이것을 첫 번째 케이스, 안전 케이스라고 부른다.

문제가 되는 것은 영화가 시작되고 도중에 극장 문을 열고 나오는 것이다. 이는 외부에서 극장 문을 열고 들어갈 때도 마찬가지로 발생하는 문제인데, 그 순간 극장 내부의 관객은 평행한 다른 세계로 미끄러져 떨어진다. 이때 외부에서 들어왔던 이들이 극장 문을 닫고 나가고, 관객이 영화를 모두 본 경우에는 첫 번째 케이스로 돌아간다. 극장 문이 열려 있는 경우 관객은 '어떠한 방법으로도' 문을 열거나 부술 수 없으나 외부에서 들어온 이들이 나가면 문은 열리거나 부술 수 있는 상태로 전환된다. 즉, 다른 세계에서 현실이 다시 연결된다.

하지만 외부가 아닌 관객이 영화 상영 도중 극장 문을 한 번이라도 다시 열었다면 이미 다른 평행 세계로 이동한 것으로 여겨진다. 다행히도 관객은 다시 현실로 돌아갈 방법이 있었다. 극장 문을 닫고 영화를 재상영하는 것이다. 이 경우 많은 관객, 즉 실험 참여자들은 극장 밖에서 비명이나 고함 소리, 기이한 울음소리나 삐걱대는 소리, 무언가 부서지는 소리, 불타는 소리 등을 들었다고 했으나 실제 극장 내부로 무언가가 들어오지는 못했으며 극장 문이 부서지는 일조차 없었다고 이야기했다.

일반적으로 일어나는 두 번째 케이스는 영화 상영 도중 관객이 문을 열고 밖으로 나서는 경우였다. 이는 영화의 상영시간에 맞춰 서로 다른 평행 세계로 미끄러지는 것으로 판단되었으며, 영화를 멈춰 정확한 시간에 나가는 경우, 똑같은 평행 세계로 이동하게 되는 것으로 보였다. 이를 근거로 공조수사팀은 유오수 팀장에게 최초 수사관인 조현석과 새뮤얼에 대한 수색 임무를 추가로 맡겼다.

유오수는 조현석과 새뮤얼이 공식 조사관인 만큼 원칙주의를 따랐을 것으로 보고 연락이 끊어진 즉시 극장 밖으로 나갔을 것이라 판단했다. 사형수가 아닌 미 해병대로 구성된 특별 수색 팀이 편성되었다. 특별 수색 팀은 모두 보디캠을 달고 갔고, 그중 하나가 회수될 수 있었다.

보디캠의 주인은 팀장으로, 영사실에서 영화를 켰다가 3초 후 정지하고는 문을 박차고 나갔다. 밖은 해무가 잔뜩 낀 바다 위의 지수호다. 이 지수호는 일반적인 지수호와 크게 다르지 않아 보이지만 조사 후 여러 점에서 이상해 보인다. 지수호는 중국 산동성 청도항 여객터미널에 위치해 있는데, 놀랍게도 그 주변 일대에 그 어떤 사람도 존재하지 않는 상태다. 완전한 유령도시로 수색 팀은 초자연현상으로 판단하지만, 약 두 시간가량 이어서 조사한 결과 다른 의견이 대두된다.

청도시 곳곳에서는 사람들이 급하게 피난을 떠난 흔적이 남아 있다. 남은 이들이 약탈해 온 것인지 마트는 텅 비어 있고, 상점가의 전면 유리는 모두 깨져 있으며, 자동차들은 길가에 아무렇게나 방치되어 있다. 한자를 읽을 수 있는 이들이 없었기에 수색 팀은 전혀 이해하지 못했지만, 길바닥에 버려져 있는 호외에는 당장 도시에서 도망치라는 내용이 적혀 있었다.

이어 보디캠에선 도시 중앙에서 한 무리의 사람들을 발견하고 다가간다. 하지만 그들은 사람이 아니었다. 영화 속에서 등장하는 괴물들로, 가까이 다가가자 괴성을 지르며 수색대를 공격하기 시작했다. 수색대는 후퇴를 거듭하며 괴물들을 상대했다. 총알을 한 발 맞히는 것만으로도 괴물은 소멸했다. 이는 영화 속 괴물의 설정과 같았는데, 괴물은 섭씨 100도가 넘는 열기에 닿으면 소멸해버리기 때문이었다. 총알의 관통 마찰열은 섭씨 300도가 넘으므로 그야말로 총알이 괴물을 스치기 만 해도 괴물은 맞은 부위로부터 형체를 잃어가 사라졌다. 하지만 총알에는 한계가 있어도 괴물의 숫자에는 한계가 없었다. 이 또한 영화 속 괴물의 속성과 같았다. 괴물은 마치 좀비와 같이 무한히 증식한다. 사람을 공격하면 공격당한 사람은 괴물이 되어버린다. 절단된 신체마저도 그 괴물이 된다.

수색대는 지수호 가까이까지 후퇴하는 데 성공했으나 탈출에는 실패하고 만다. 2차 수색대가 급파되었고, 2차 수색대는 보디캠 하나를 발견하자마자 곧장 후퇴하여 괴물 무리를 발견하지 못했다. 아마도 최초 수사관들도 1차 수색대와 같은 결말을 맞이했을 것이라는데 공조수사 팀도 동의했고, 유오수에게 더는 관련한 수색을 할 필요가 없다고 판단했다. 하지만 이런 수색을 통해 평행 세계도 현실과 거의 같은 시간이 흐르고 있다는 것이 발견되었다. 이는 영화 안에 어떠한 규칙이 있다는 근거기도 했다.

영화의 총 상영 시간인 2시간 12분 2초에서 각각의 초마다 서로 다른 평행 세계가 펼쳐져 있으므로, 7922초의 서로 다른 세계로 이동할 수 있는 셈이었다. 엄밀히 따지면 초와 초 사이에 문을 열고 나가면 다른 평행 세계로 이동할 수 있긴 했지만, 그런 조작은 항상 같은 평행 세계로 이동할 수 있는 전제가 없으므로 위험했다. 이를 통해 각각의 서로 다른 평행 세계로 이동 및 귀환, 즉 왕복이 가능하다는 가능성이 생겨났다. 일방적인 이동이라면 아무런 의미가 없다. 마치 바닥이 없는 쓰레기통에 쓰레기를 버리는 일이다. 그런 구멍의 존재 자체가 엔트로피를 증가시키는 속도를 늘린다. 하지만 왕복은 그 자체로 카오스다. 무한한 가능성을 낳는 것이다. 결과적으로 사실이 아닌 것이 밝혀졌지만 적어도 당시에는 그렇게 보였다.

유오수의 보고에 의해 수사 팀은 해체되고 지수호 평행 세계 관리위원회(Jisu-ho Parallel World Management Committee)가 설럽, 유오수를 실장으로 하는 대규모 인원과 물자가 지수호로 도입되며 전격적인 지수호 연구가 시작되었다. 유오수는 평행 세계로의 왕복 가능성과 그 가치에 대해 발표한 뒤 한미일 삼자의 고위 관료들로부터 출처 불명의 막대한 지원금을 받은 상태였다.

세계의 각종 이상 현상 연구자로 이루어진 연구 팀과 한미일 전 특수부대 종사자로 이루어진 JPM 특임대는 '영화'에 대한 각종 안전교육과 영화 속 '괴물'에 대한 여러 대비 방법을 익힌 뒤 각종 평행 세계에 뛰어들었다. JPM 특임대는 영화에서 보이는 괴물의 약점에 맞설 수 있도록 강한 M2 화염방사기, 소이탄, 드래건 브레스탄, 소이수류탄으로 무장하고 각종 평행 세계를 탐사했다. 이후 몇 가지 규칙이 더 발견되었다.

우선 발견되지 않은 평행 세계, 즉 극장 문을 열어서 나가지 않은 평행 세계에서는 시간이 정지된 상태로 유지되었다. 즉, 극장을 나설 때 그 평행 세계가 '만들어지는 것처럼' 보였다. 영화나 지수호와 무관한 모든 요소들이 현실과 같았다. 이론적으로는 JPM에 참여하는 모든 이들은 서로 다른 평행 세계의 7,920명의 자신을 만날 수 있었다. 그 자체는 크게 실익도 없고, 사실 그렇게 재미있지도 않았다. 다만 위험은 있었다. 유오수는 가까운 사람을 사고로 잃거나 작전을 무시하고 평행 세계의 자신과 그 가족을 만나러 갈 가능성이 있는 이들을 작전에서 제외했다.

다른 발견도 있었다. 각각의 평행 세계는 영화의 진행 상황을 따르고 있었다. 12초 이후의 세계에서는 시간이 지나도 괴물의 모습이 보이지 않았고, 6분 33초가 지난 이후에는 지수호가 청도항 여객터미널에서 멀어지고 괴물이 다시 등장하기 시작했다. 이는 영화의 러닝타임과 각각의 평행 세계가 연동되고 있었기 때문이다.

이를테면 6분 33초는 중국 내 정보원이 바이러스 샘플을 들고 지수호를 타고 도망가려다 총에 맞고 쓰러지기 때문이었다. 피를 흘리고 도망가던 정보원은 바이러스 샘플만이라도 어떻게든 한국인 관광객 짐에 끼워 넣어 통관 시 발견되도록 넘겨주려고 하지만, 그마저도 사고로 깨져버리고 만다. 이 지점이 6분 33초로 이후 장면은 원거리에서 찍은 드론 샷으로 지수호가 청도항 여객터미널을 떠나 출발하는 신이다. 이 시간 동안 한국인 관광객은 바이러스에 노출되어 괴물이 되고 마는 것이다.

이런 부분에서 볼 때 초기 3초에 진입했을 때 괴물이 중국에서 나타나 걷잡을 수 없게 늘어나는 것도 설명이 가능했다. 영화의 초반 12초까지는 영화는 배양된 바이러스만을 보여주는데, 이는 평행 세계에서 이 바이러스가 무엇인지 아는 다른 인물이 존재하지 않기 때문으로 해석할 수 있었다. 13초에 도달한 뒤에야 그 바이러스를 지켜보고 있는 연구원이 등장한다. 이후부터 4분 42초까지는 바이러스는 철저하게 관리되는 것인지 괴물이 발견되지 않는다.

하지만 영화에선 이 괴물 바이러스의 양성 이유가 대만 통일을 위한 발판으로 삼기 위해서였다. 때문에 4분 42초에 진입해 2년을 보낸 JPM 대원은 대만에서 괴물이 발생하는 것을 발견할 수 있었다. 이는 세 번째 케이스로 분류되었다. 이후 영화가 진행되는 대부분의 시간은 괴물이 지수호에서 활동하는 장면이 보이며 괴물이 죽고, 지수호가 인천항에 들어와 사건이 마무리 되는 1시간 49분 2초에는 괴물의 존재가 완전히 존재하지 않는 깨끗한 평행 세계로 판단되었다. 이는 네 번째 케이스로 분류되었다.

하지만 다시 쿠키영상이 나오는 2시간 11분 45초부터는 괴물이 중국이나 대만이 아닌 한국에서 활동을 시작해 방임하게 될 경우 괴물이 한국을 가득 메우는 경우가 발생했다. 괴물은 총기를 비롯한 각종 열상을 일으키는 장비에 무척 취약하다. 하지만 일반적으로 괴물은 지능적으로 활동하며 감염을 빠르게 일으키고, 사망한 인간은 빠르게 괴물로 변이되므로 행정적인 처리에 매달리는 모든 경우에서 괴물을 일반적인 국가가 상대할 수 없다는 것이 명백했다. 이는 다섯 번째 케이스로 분류되었다.

1시간 49분 2초에서 2시간 11분 44초까지, 즉 22분 42초가량은 전혀 문제가 없는 네 번째 케이스만이 진입 가능한 게이트로 인정되었다. 이후 약 10여 년 동안 JPM은 괴물이 있는 케이스들이 아닌 괴물이 존재하지 않는 네 번째 케이스를 중심으로 연구 아닌 연구를 이어나갔다. 실상 네 번째 케이스는 지수호를 이용해 진입이 가능한 것이 특이할 뿐, 진정한 의미의 평행 세계였다. 이는 JPM에 협력하는 국가들의 강력한 이점이었다.

우선 영화 속 세계는 이미 10년가량 기술이 뒤처지는 세계로, 각종 현대의 신기술이 부재한 상황이다. 또한 고작 10년이라 한들, 여러 가지 미래에 대한 지식을 가지고 있으므로 이를 이용하여 막대한 돈을 벌어들이는 게 가능했다. 네 번째 케이스에서 돈을 벌어 금으로 바꾼 뒤 현실로 가져오는 것은 아주 일반적인 사업으로 자리 잡았다. 또한 각각의 평행 세계 속 인물이 있다는 것은 그에 대응하는 신체 장기가 존재한다는 뜻이기도 했다. JPM의 존재는 숨겨져 있었으므로 이러한 평행 세계 속 인물들을 납치하여 장기 부전의 인물에게 면역거부반응이 전혀 없는 장기를 이식시키는 것이 가능했다.

반대로 본래 현실에서는 사망했으나 평행 세계에서는 아직 살아 있는 인물에게 접근해 정보를 얻거나 국익에 도움이 된다면 해당 인물을 현실로 데려오는 것도 가능했다. 물론 이런 인물들에겐 JPM의 정보는 숨겨지고, 옮겨지는 방법도 시간 여행이라고 둘러대는 게 일반적이었다. 영화 파일을 들고 다른 장소에서 상영되거나, 극장 내부에서 다른 스크린으로 상영하는 등의 편법은 통하지 않았다. 때문에 JPM의 권력은 시간이 갈수록 지수함수적으로 증가했다.

하지만 영원한 것은 없다.

10년이 지나가자 각각의 세계에서도 JPM, 즉 현실의 존재를 알아차리기 시작했다. 요원들의 임무는 현실에서만 임무라고 불릴 뿐, 평행 세계에서는 범죄였다. 그리고 범죄는 발각되기 마련이다. 당연히 이용당한 평행 세계의 분노는 극적일 수 밖에 없었다. 그렇게 평행 세계의 현실에 대한 침공이 시작되었다.

현실의 관객이 아니라면 평행 세계에서 현실로 진입하는 것은 쉽지 않다. 영화를 다 보면 현실의 관객처럼 현실로 진입할 수 있다. 하지만 그건 '영화관이 사용되고 있지 않은 경우'여야 했다. JPM은 치밀하게 짜놓은 극장 시간표가 있었고, 극장을 중심으로 수십 개의 평행 세계의 JPM을 운용하고 있었기에 한번 때를 놓치면 다시 현실로 진입하기 위해 수십 일을 기다려야만 했다. 하지만 평행 세계들도 다소 뒤처졌을 뿐 현실이었고, 끈기와 인내라면 현실 세계 못지않았다.

최초에는 평행 세계의 침공에 대해 대응을 실패했고, 지수호의 극장을 두고 전쟁을 방불케 하는 대량 전투가 벌어지기도 했다. 하지만 가까스로 얻은 첫 승리 이후 각 평행 세계의 JPM에 대한 대응법을 알게 되면서 현실이 평행 세계의 침공을 허용하게 되는 경우는 없게 되었다. 하지만 JPM이 침공을 허용하지 않는다고 해서 좋기만 한 건 아니었다.

현실 세계에 대한 침공을 단념한 평행 세계들은 지수호를 폭발시켰다. 그렇게 되면 극장은 그 세계로 결코 들어갈 수 없게 되었다. 정확히는, 그 세계로 들어갔다고 알려진 이들이 어디로 가버린 것이며 평행 세계는 어떻게 된 것인지 알 길이 없어졌다. 지수호를 폭발시킨 것이 맞는지도 정확히는 알 수 없는 노릇이었다.

비슷한 시기에 수많은 평행 세계들로 가는 문이 닫혔다. 네 번째 케이스의 숫자가 급격히 줄어들면서 JPM은 대응 방법을 바꾸려고 했지만 이미 이동 가능한 모든 평행 세계를 열어둔 터라 접근 방법은 바뀌지 않았다. 편한 임무를 맡고 돈을 벌고, 권력을 얻을 수 있다고 생각했던 JPM의 요원들도 생환 가능성을 따질 수 없는 임무에 배치되기 시작하자 불안이 커져갔다. 그 불안과 별개로 JPM 요원의 사망률이 급격히 오르며 엘리트 요원의 숫자도 줄어들었다.

위험은 오르고, 임무 성공률은 떨어지기 시작했다. 안전한 네 번째 케이스들이 여전히 백여 개 넘게 남아 있었지만, 요원들이 활동하지는 않았다. 평행 세계를 관광하고자 하는 JPM과 관련한 VIP의 요구가 있을 때만 쓰일 뿐, 위험도를 올리지 않기 위해 거의 방치된 수준이었다. 하지만 JPM은 이미 거대한 권력기관이었고, 권력을 유지하기 위해서는 계속해서 성과를 내야만 했다. 이제는 괴물이 없는 안전한 네 번째 케이스가 아닌, 또 다른 케이스에도 도전해야만 했다. 어려운 상황이었다.

세 번째 케이스는 하나의 괴물만 처리하면 된다. 그게 쉽진 않다. 괴물을 처리하는 과정에서 평행 세계의 존재가 드러날 수밖에 없었다. 일시적으로는 한국 또는 중국 정부의 눈을 속이는 게 가능했지만, 이미 사건이 벌어져 괴물이 나타나고 이러한 괴물에 대해 대응한 인원이 누구인지 색출하는 과정이 있었다. 곧 이러한 세 번째 케이스는 자연스럽게 네 번째 케이스와 비슷한 귀결을 맞이했다.

대만이 중국이 푼 괴물 바이러스로 공격당하는 두 번째 케이스는 바이러스와 괴물 정화를 이유로 투하되는 핵 공격에도 불구하고 괴물 사멸이 불가능했다. JPM은 이러한 문제를 해결하려고 애썼으나 평행 세계에 대한 제한적인 이입으로는 2년이 지나는 시점에서 중국의 핵 공격을 막을 수도 없으며, 핵 공격이 일어난 이후에는 대만 진입으로 괴물을 대처할 수도 없었다. 일반적으로 괴물 바이러스는 코로나바이러스를 연상시키듯 초연결 사회의 취약점을 이용, 비행기를 이용해 전 세계로 24시간 안에 퍼졌다.

검역은 별달리 소용이 없었다. 자연히 괴물에 의해 중국이 점령당하는 첫 번째 케이스와 괴물에 의해 한국이 점령당하는 네 번째 케이스 모두 괴물에 의해 현대문명이 종말을 맞이하는 보다 극적인 종말을 맞이했다. JPM은 세계가 괴물에 의해 완전히 점령된 이른바 '3초 세계'에 대규모 군부대를 투입, 정화 사업을 벌이려고도 시도했다. 네 번째 케이스에 대한 포기 이후, JPM은 괴물을 제거한 뒤의 평행 세계의 인프라와 자원을 그대로 독식한다는 계획을 세웠다. 평행 세계의 무기를 그대로 이용하거나 아주 적은 에너지로 섭씨 100도의 열을 만들어내서 대응할 수 있는 대 괴물 개인 병기를 만들어내는 등 정화 사업은 쉽게 성공하는 것 같았다. 하지만 JPM은 네 번째 케이스에 몰두하느라 괴물에 대한 연구를 게을리하고 말았다.

3초 세계에서 오염이 극심한 지역은 현실과 많이 달라져 있었다. 괴물 바이러스가 전염될 수 없다고 알려졌던 동물들은 물론 식물들까지 괴물 바이러스에 오염된 것이다. 연구 결과 이러한 괴물 바이러스가 인간만이 아니라 아주 작은 단위, 심지어 인간이 볼 수 없는 단위의 생물에게서도 오염이 발생해 사실상 생태계가 사멸하는 것을 목격하고 이러한 오염을 완전히 해소할 수 없다는 사실이 뒤늦게 발견되었다. JPM은 3초 세계의 군대를 모두 포기하기로 결정하고 3초 세계의 영화관을 자폭시키는 데 이르렀다. 고립된 3초 세계의 현실 군대가 이후 어떻게 되었는지는 알 수 없게 되었다.

3초 세계의 포기가 가장 극적인 전환점이었다.

너무 많은 사람이 투입되었고, 모두를 잃어버렸다. JPM에 대한 현실의 여러 기관들이 문제를 제기하지 않을 수 없었고 내부 폭로도 잇달았다. 이상 현상의 존재조차 모르던 일반인들까지도 JPM과 평행 세계를 입에 올렸다. JPM은 국제적인 문제로 떠올랐고 평행 세계에 대한 크레딧을 얻지 못한 국가들은 평행 세계의 다른 국가들에 대한 권리 침해가 현실 다른 국가에 대한 권리 침해라는 논리를 내세웠다. 바벨의 도서관을 비롯한 세계 각국의 공인, 비공인 이상 현상 대응기관들은 이런 갈등 양상이 세계적 위기를 가져올 것이라 경고했다. 그 전에 지수호를 파괴하거나 아무도 접근할 수 없도록 성역화해야 한다고 주장했다. 이론적으로는 완벽한 논리였다. 하지만 욕망은 논리를 앞서는 법이다. 전쟁이 시작되었다.

양쪽 모두 총력전을 할 생각은 없었고, 모두가 지수호를 손에 넣고 싶었기 때문에 지수호를 크게 훼손시킬 수 있는 모든 무기가 제한적으로만 사용되었다. 당연히 지수호를 손에 넣고 있는 쪽이 더 유리한 전투였다. 하지만 JPM이 항상 승리한 것은 아니었다. JPM의 상대국 연합이라 할 수 있는 평행세계 권리복원공동전선(Parallel World Rights Restoration United Front),

PRU는 러시아와 중국이 포함되는 대규모 연합이었다. PRU는 몇 번이나 지수호를 빼앗는 데 성공했다.

PRU가 지수호를 빼앗은 몇 년 동안 케이스들이 빠르게 소모되었다. JPM의 연구를 완전히 가져가지 못했기 때문에 JPM이 겪었던 시행착오를 똑같이 수행해야만 했기 때문이다. 하지만 JPM이 비공개로 제한적으로 시행했던 연구를 공개적으로 제한 없이 수행하면서 많은 비밀이 새롭게 발견되었다. 윈도우 2000에서 작동하는 영화를 재생하는 동영상 플레이어는 초 단위로밖에 정지시킬 수 없고, 이 동영상 플레이어를 사용하지 않으면 평행 세계로 가는 문을 열 수 없다. 하지만 초와 초 사이에 문을 열면 그 사이의 평행 세계로 갈 수 있다는 건 잘 알려져 있었다. 다만 그 초와 초 사이의 세계에서 돌아올 방법이 요원했다. 정확한 타이밍을 맞춰 문을 열어야 현실로 돌아오는데, 그건 단순히 개인의 능력으로 하기는 어려운 일이었기 때문이다.

PRU는 이 문제를 해결하기 위해 기계를 제작했다. 이 디바이스는 극장 문에 부착할 수 있으며 프로젝터와 컴퓨터를 무선통신으로 연결, 정확한 시간을 입력하면 영화를 정지시키고 24분의 1초 단위에서 물리적으로 문을 열 수 있었다. 이 디바이스는 열쇠로 불렸다. 열쇠는 현실에 오갈 수 있는 평행 세계의 개수를 24배로 늘렸다. 즉, 평행 세계가 모두 190, 128개가 된 것이다.

세계의 모든 자원이 마치 구렁텅이로 밀려 떨어지듯 지수호의 극장으로 쏟아졌다. 그렇게 쏟아진 자원은 몇 배로 불려 튀어나왔다. 마치 옛날이야기에 나오는 물건을 넣으면 그 물건을 두 배로 불려주는 항아리 같았다. 모두가 그 항아리를 얻기 위해 자원을 투자했다. 생명과 돈과 시간이 분쇄기에 갈리듯 사라졌다. 다들 상관없다고 생각했다. 그 항아리를 독점할 수만 있다면 모두 돌려받을 수 있을 거라고 생각했다.

10년의 시간이 지나자 전쟁의 성패가 결정되었다.

승리자는 아무도 없었다.

평행 세계는 단순 산술 계산만 하더라도 두 배의 자원을 불려줄 수 있었다. 하지만 그 세계에는 언제나 주인이 있었다. 다른 평행 세계에 대한 자원을 독식할 수 있는 방법은 거의 없었다. 처음에 현실은 10년이 지난 상태이므로 다른 평행 세계에 대해 10년가량의 기술 진보를 이룩하고 있었다.

하지만 5년이 지난 이후 모든 국가들이 JPM이 아니면 PRU에 소속되었고 관련 연구에 매진하고 일반 연구에 대한 투자를 줄이면서 점차 격차가 줄어들더니, 다시 5년이 지날 무렵에는 기술 격차가 뒤집어졌다. 또한 하나의 세계를 정복하기 위해서는 한 세계의 전심전력이 필요할 터였다. 그러나 JPM이나 PRU는 현실의 반쪽에도 미치지 못했다. 어느 시점까지는 분명 JPM과 PRU의 야망에 이르는 대로 이야기가 흘러갈 수도 있었으나 과욕이 실수를 부르고 나쁜 운수가 거듭되었다. 열쇠의 발명 이후 무한할 것 같았던 기회, 네 번째 케이스는 완벽하게 동났다.

20년이 지난 시점에서 지수호를 가진 것은 PRU였으나 점진적으로 지수호 관리에 대한 지원이 떨어지고 있었다. 지수호의 극장을 통해 이익을 취한다기보다는 20년간 쌓인 증오로 인해 JPM이 지수호를 가지지 못하게 하는 데 집중하고 있었다. 지수호 자체 관리는 무척 허술했다.

그래서 극장의 문이 저 혼자 열릴 때도 알아차리지 못했다. 극장에서 나온 것이 정확히 무엇이었는지는 알 수 없었다. 괴물이 단독적으로 극장을 이용해 평행 세계와 현실을 오갈 수 없다는 건 잘 알려져 있다. 하지만 귀납적으로 그렇다는 현상만을 알 뿐, 그것이 얼마나 과학적 진실인지는 증명되지 않았다. 물론 높은 확률로 극장 문에서 나온 것은 네 번째 케이스에서, 현실에 대한 강력한 증오를 가진 어떤 세력의 요원일 거라고 추측만 할 뿐이었다.

PRU는 다른 평행 세계가 또 다른 평행 세계로 갈 수 있다는 걸 알고는 있었다. 하지만 다른 평행 세계는 자신의 평행 세계 좌표, 영화가 시작되고 정확히 몇 시간, 몇 분, 몇 초에 정지해야 하는지 알 수 없으므로 오갈 수 없다고 보았다. 고향 세계의 지원을 받지 못하고, 돌아갈 수도 없을 자살 임무에 지원할 사람이 얼마나 있을까? 게다가 다른 평행 세계에 대한 연구도 없으므로 이미 닫힌 세계로 이동하거나 괴물로 가득 찬 세계로 이동하는 우를 범할 가능성도 컸다.

하지만 누군가 그렇게 했다.

신원 미상자는 역시나 미상의 고향 세계의 지수호에 올라 다른 괴물이 가득 찬 다른 케이스에서 바이러스 샘플을 얻고, 현실로 몰래 잠입해 PRU의 경계를 뚫고 지수호를 탈출했다. 그리고 대양을 건너 뉴욕, 두바이 직항 편에 올라타 미국의 케네디 국제공항과 아랍에미리트의 두바이 국제공항에서 바이러스를 퍼뜨렸다. 검역은 간단히 뚫을 수 있었다. 뉴욕에서 바이러스를 퍼뜨려 자신을 감염시킨 뒤, 두바이에서 괴물이 된 것이다. 감염 정도를 조절하는 것으로 괴물이 되는 시간을 조절할 수 있으므로 신원 미상자의 계획은 정확했다.

일어나지 못할 일은 아니었다. JPM과 PRU의 내부 정보에 의하면 극장 스케줄의 미세한 빈틈으로 몇 번이나 신원 미상자가 넘어왔던 사례가 있었다. 그중에는 테러범도 없지 않았으나 공격 수준은 형편없었다. 현실은 태연자약했다. 결국 평행 세계는 현실에 뒤따르지 못할 것이라고 믿은 것이다.

하지만 현실은 자신이 알지도 못하는 사이 무수한 평행 세계들의 증오를 받았고 그로 인해 끝없이 공격받고 있었다는 게 이 공격으로 드러났다. 그리고 만회할 기회는 없었다. 몇 년 전만 하더라도 이 바이러스에 대해 대처할 수 있는 능력이 분명 남아 있었다. 하지만 끝없이 이어진 전쟁은 세계를 끔찍한 경제불황으로 던져 넣었고 JPM과 PRU 내부에서도 패권국이 약소국을 점령하고 그에 대한 테러리즘의 성행하고 핵 공격이 금기시되지 않아 국소적으로 사용되기 이르렀다. 그 누구도 원하지 않던 방향으로 지구온난화가 해소된 시기였다. 현실은 이런 바이러스 방제에 대응할 아무런 여력이 없었다.

괴물들을 제압할 수많은 무기가 있었지만 행정적인 처리나 대응 미숙으로 바이러스가 여러 나라로 자꾸 퍼져나갔고, 국가 간 대처 차이로 인해 약소국들에서 괴물 바이러스가 빠르게 퍼지는 걸 막을 수 없었다. 일반적인 감염병과 달리 바이러스를 처리하기 위해서는 의료진이 아닌 군대를 파견해야만 하는데 약소국들은 당연히 패권국의 군대를 허용하지 않았기 때문이다. 그리고 패권국은 실제로 바이러스를 빌미로 군대를 진격해 실질적인 점령지로 만드는 것을 목표로 하고 있기도 했다. 심지어 이 바이러스가 무기화되어 양측 진영으로 바이러스를 퍼뜨리는 분무형 미사일이 개발되었다. 대응 여력이 있다는 건 더 중요한 문제도 아니었다.

이 시점에서는 국제적인 이상 현상 대응 기관들도 그 힘이 희미해지기 시작했다. 제대로 여력이 남아 있는 것은 예나 지금이나 바벨의 도서관뿐이었다. 정확한 기원은 아테네인지 수메르인지 알 수 없으나 알렉산드리아문고 이전부터 존재했던 이 단체는 세계에서 가장 많은 장서 보유량으로 유명했으며 그런 보유 장서 중에는 각 시대에 금서로 지정받은 책들은 물론 출간되지 않았다고 알려진 책들과 소수의 사람들만이 알고 있었던 전승 지식, 진정한 의미에서의 마법서들까지 있었다. 진시황으로부터 태워지는 책들을 빼돌리고, 알렉산드리아문고가 무너지기 전에 책을 옮겼다. 이 단체는 역사 속에서 동방에선 '지혜의 집'이라고 불렸고, 서방에서는 '금서목록위원회'라고 불렸다.

2차 대전과 냉전 시기를 거치는 동안 각국의 검열 기관으로 분업되었고, 이제 NGO로서 국제도서관협회연맹에 소속되었다. 각각의 인원이 대외적인 사서직을 수행하면서 소수의 인정되는 인물만이 비밀스러운 임무를 수행했다. 이런 바벨의 도서관에서 일하는 수서관은 도서에 대한 방대한 지식과 도서를 수집하고 지키기 위한 갖가지 능력을 가지고 있었다. 실질적인 엘리트로 인정받는 선임 수서관에 이르면 대여섯 개의 박사 학위와 십여 개국 언어를 쓰고 말하는 건 기본적인 사항이었다.

바벨의 도서관은 디지털 매체인 영화 〈불침선 지수호〉를 금서로 지정하고, 존경받는 선임 수서관 클레어에게 금서 회수를 명령했다. 좁은 범위에서 보자면 활자가 인쇄된 종이를 묶은 것만이 책이지만, 넓은 범위에서는 기록 가능한 모든 것이 책이었다. 디지털 시대를 맞이하며 바벨의 도서관은 넓은 범위에서 활동하고 있었다. 클레어는 모든 가용 가능한 자원을 사용할 수 있었고, 모든 이상 현상 대응 기관들이 바벨의 도서관과 협력했다. JPM과 PRU에 이어 지수호를 노리는 단체가 하나 더 생긴 것이다.

클레어는 JPM과 PRU를 직접적으로 자극하지 않으면서 두 단체 사이의 싸움을 부추겼다. 지수호를 둘러싼 결전일에 제삼의 세력으로 참전한 바벨의 도서관이 용병 부대를 이끌고 양측 진영을 덮치고 지수호를 인양하는 데 성공했다. 마냥 기뻐할 일은 아니었다. 현실은 멸망을 앞에 두고 있었다. JPM도 PRU도 더는 지수호에 관여할 힘을 가지고 있지 않았고, 관리 부실로 인해 각각의 평행 세계에 대한 좌표 정보도 최신화되어 있지 않은 상태였다. 무엇보다 지수호를 빼앗는 과정에서 바이러스 무기가 퍼져 클레어 외의 생존자가 남아 있지 않았다. 클레어는 지수호에 대한 역공을 막기 위해 육지와의 모든 연락을 끊은 뒤 잠적했다. 수개월이 지나 세계가 안정화되었다고 믿은 시점, 클레어는 지수호로 항행하여 바벨의 도서관 연락원이 있는 남아프리카공화국의 더반에 도착했다. 그리고 생각지 못한 광경을 목격했다.

항구에 지수호가 들어가자 항구에서 보이는 스카이라인의 빌딩들 뒤로 거대한 그림자가 어른거렸다. 한둘이 아니었다. 모두 괴물들이었다. 크고 작은 수십 미터에 이르는 괴물들은 적막에 쌓인 도시에서 움직임을 보이는 지수호를 보자 눈을 번쩍이며 항구 밖으로 모습을 드러내 다가왔다. 그리고 엉거주춤 손을 뻗거나 기이한 고함을 질러대며 지수호를 붙잡으려고 했다. 어쩌면 클레어를 향한 것일지도 몰랐다. 클레어는 방향타를 돌렸다.

클레어는 모든 통신망을 열고 누군가와 대화해보려고 했으나 그 누구도 연락이 닿는 이가 없었다. 현실이 멸망한 것이었다. 어딘가에는 생존자가 남아 있을지도 몰랐다. 특히나 괴물은 물을 건너지 못하므로 항공편이 없는 소수의 인원이 사는 섬에는 살아 있는 사람들이 있을 것이다. 고립되어 있으면서 독자적으로 살아남을 수 있는 공동체가 어디에는 남아 있다.

하지만 클레어는 그게 다 무슨 소용인가 싶었다. 좁은 땅 위에서 문명은 재건될 수 없었고, 바이러스는 얼마 지나지 않아 인간만이 아닌 동물과 식물로도 전염될 것이다. 그럼 감염된 새와 포자들이 섬을 위협할 가능성이 남아 있다. 운 좋게 그런 위험에서 살아남는 지역이 있다고 하더라도 인간의 문명은 끝난 것이나 다름없다. 괴물이 아무런 음식을 먹지 않고 얼마나 살아남을 수 있는지를 보는 최초 고립 실험으로부터, 고립된 괴물은 20여 년이 지난 지금까지도 멀쩡히 살아 움직였다. 애초에 물리학적이거나 생물학적인 논리가 통용되는 대상이 아니었다.

클레어는 남은 희망에 기대를 걸기로 했다. 극장으로 들어간 것이다. 클레어는 괴물에 대응할 수 있는 열선 장비와 배터리, 그리고 운반 가능한 최대 한도의 음식과 물을 가지고 극장으로 들어갔다. 그다음 평행 세계에 대한 모든 좌표 자료를 모아서 닫혀 있지 않은 평행 세계를 최대한 최신화했다. 그다음은 목숨을 건 모험뿐이었다.

클레어의 목표는 남아 있는 평행 세계로 이동해 이 지수호와 영화 〈불침선 지수호〉와 관련된 기록을 넘겨주는 것이었다. 그리고 혹시나 남아 있을 현실의 생존자들을 차원 난민으로 받아들이고, 할 수만 있다면 현실을 복원할 힘을 빌릴 수 있는지 협력을 구하고자 했다. 적대적일 가능성을 염두에 두고 방호복을 입고 손에는 섬광탄을 들었다. 하지만 그럴 필요까지는 없었다.

남아 있는 네 번째 케이스의 평행 세계들도, 심지어 관광지 목적에서 손을 대지 않았던 세계들도 지수호와 평행 세계와 괴물 바이러스와 관련한 문제가 촉발되고 있었다. 사실 생각해보면 당연한 것이었다. 네 번째 케이스에서도 다섯 번째 케이스와 같이 쿠키영상으로 괴물 바이러스가 재점화되는 장면이 없을 뿐, 어딘 가에선 괴물 바이러스가 잔존해 남아 있다는 설정이다. 그리고 괴물 바이러스가 그 어떤 물리학적, 생물학적 근거 없이 영속한다는 점에서 다른 미생물에 감염되어 차후 노출되어 인간에게 감염되는 케이스는 있을 수 있었다.

어딘가에 다른 가능성으로 나아간, 문제없이 괴물과 괴물 바이러스를 퇴치한 평행 세계가 있을 거라는 가능성이 조금씩 사라져갔다. 수십 일이 지난 뒤, 클레어는 네 번째 케이스에서는 그런 세계가 없다는 사실을 인정해야만 했다. 클레어는 자신이 프린트했던 평행 세계 좌표계를 확인했다.

네 번째 케이스는 틀림없이 전멸이다.

남은 것은 괴물들이 세상을 점령한 다른 케이스뿐이었다. 클레어는 네 번째 케이스가 끝난 뒤 영화관으로 들어왔다. 돌아서서 영화관 문에 '열쇠'를 장착했다. 그리고 영화를 더블클릭 해서 켠 뒤, 0초에 정지시켰다. 첫 번째 케이스부터 시작하는 것이다. 클레어는 희망을 버리지 않았다. 좌표계는 최신화되지 않았다. 관리는 허술했다. 그러니 JPM과 PRU에서 아직 발견하지 않은 케이스가 남아 있을지도 모른다. 그렇지 않더라도 다른 세계로 분기된 평행 세계가 있을지도 모르는 법이다. 인간이 어떻게 항상 똑같은 실수를 하겠는가?

클레어는 음울한 기대를 안고 열쇠를 작동시켰다.

괴물 요리사

초판 1쇄 인쇄일 2026년 1월 22일
초판 1쇄 발행일 2026년 2월 2일

지은이 김범석 김선민 사마란 위래 한이 홍정기
펴낸이 정은영
편집 정사라 권지연 김지수
디자인 최지현
마케팅 이언영 임동렬 임병천 이민재
IP기획 신은혜 김현영
제작 홍동근

펴낸곳 네오북스
출판등록 2013년 4월 19일 제2013-000123호
주소 04047 서울시 마포구 양화로6길 49
전화 편집부 (02)324-2347, 경영지원부 (02)325-6047
팩스 편집부 (02)324-2348, 경영지원부 (02)2648-1311
이메일 neofiction@jamobook.com

ISBN 979-11-5740-475-9 (03810)